캔버스에서 얻은 삶의 공식

캔버스에서 얻은 삶의 공식

발행일   2026년 2월 20일

지은이   이경희
펴낸이   손형국
펴낸곳   (주)북랩

출판등록   2004. 12. 1(제2012-000051호)
주소   서울특별시 금천구 가산디지털 1로 168, 우림라이온스밸리 B동 B111호, B113~115호
홈페이지   www.book.co.kr
전화번호   (02)2026-5777   팩스   (02)3159-9637

ISBN   979-11-7598-115-7 03810 (종이책)   979-11-7598-116-4 05810 (전자책)

작가 연락처 문의 ▸ ask.book.co.kr

전용 게시판에 문의를 남기시면 저자에게 직접 전달됩니다.

(주)북랩 성공출판의 파트너

북랩 홈페이지와 SNS에서 다양한 출판 솔루션을 만나 보세요!

홈페이지 book.co.kr   •   **블로그** blog.naver.com/essaybook   •   **출판문의** text@book.co.kr
카톡채널 북랩

흔들리며 살아가는 사람에게 명화가 건네는 삶의 태도

캔버스에서 얻은 삶의 공식

이경희 에세이

불안과 회의가 멈추지 않는다면 문제는 삶이 아니라 기준이다.

**애써 잘 살고 있는데도 자꾸 흔들린다면
명화에서 삶의 공식을 찾아라!**

 북랩

일상에서 명화를 만났다, 삶에 화가를 불렀다.

  그림을 전공했다고 했을 때 사람들의 반응은 극명했다. 갓 졸업했을 때는 취업을 걱정하는 안쓰러운 시선이 지배적이었다면, 나이가 들어서는 '좋겠다', '부럽다' 같은 긍정적인 반응이 돌아왔다. 일상의 여유가 생겨 그림으로 시선을 돌린 이들에게 잘 그려진 그림은 그 자체로 다정한 위안이 된다. 스스로 공들여 빚어낸 결과물을 마주할 때의 성취감, 그리고 다음 작업을 기다리는 설렘. 삶의 활력은 이렇듯 부족했던 결핍의 공간을 예술로 채워갈 때 비로소 얻어지는 것이리라.

  하지만 취미를 넘어 '업'으로 그림을 그리는 이에게는 자신을 향한 잣대에 한없이 인색해진다. '그리고 있는 것'과 '그려낼 것' 사이를 전전하다보면 행복지수는 낮아지고 회의감만 차오른다. 부족함을 채우는 영역을 넘어, 혹시 남의 길을 내 길인 양 무작정 걷고 있는 건 아닌지 원초적인 진로 의식까지 되묻게 된다. 더 이상 누군가의 가슴에 신선한 자극이 될 수 없다는 절망감을 느낄 때면, 마치 내 예술적 생명의 장례를 치르는 듯한 무거운 기분에 휩싸이곤 했다. 아이디어가 매몰된 시간은 지층처럼 쌓이고, 곤두박질치는 실력은 몸의 감각으로 고스란히 느껴졌다. 만족스럽지 못한 결과물을 앞에 두고 고단한 하루하루를 보내던 나날이었다.

그 무렵, 나보다 앞서 세상을 살다 간 화가들의 삶을 들여다보기 시작했다. 그들이 지문처럼 남긴 기록은 그 자체로 명화였다. 숨 쉬던 그 시대의 삶을, 머리로 뚫고 나오는 독특한 의식을, 캔버스에 쏟아 낸 붓질의 흔적을 가만히 들여다보며 수백년 전의 시간으로 되감기했다. 콩알 고르듯 하나하나 그림들을 되짚으며, 닮은 듯 다른 그들의 삶과 내 삶을 견주어 보았다. 나약해 보이던 한 사람의 붓 자국에는 생각보다 큰 힘이 실려 있었다. 시대를 앞서고자 했던 작은 의식의 파편들은 누군가의 가슴에 커다란 물살을 일으키고 있었다. 때로는 소심하게, 때로는 대범하게 시대를 헤쳐 나갔던 그들의 이야기에 돋보기를 들이대니 이전에는 보지 못했던 것들이 선연하게 들어왔다.

백지 위에 무한한 상상력을 쏟아내게 만드는 그 동력은 어디서 나오는 것일까. 그들이 자신만의 철학으로 전진할 수 있었던 이유는, 되는대로 사는 삶이 아니라 '만드는 대로 이어지는 삶'을 살 수 있었던 힘은 무엇이었을까. 물감을 다루는 일상에 회의가 드는 순간은 없었는지. 그들을 불러 세워 가만히, 아주 가만히. 그 세밀한 가치관을 들어보고 싶었다.

　나는 이제껏 남들보다 조금 더 그려왔을 뿐, '화가'라는 이름이 무색할 정도로 의지가 병들어 있었음을 깨달았다. 끈기와 열정은 희미해졌고, 절박함과 노력은 메말라 있었다는 사실을 시나브로 알아차렸다.

　책을 들어 수 세기 전의 화가들과 조우하는 동안, 나는 그들이 몸과 손으로 그려낸 피땀 서린 결과물에 애정 어린 마음으로 다가갔다. 그들의 그림에서, 그리고 그들의 이야기에서 날이 서 있던 내 마음을 어떻게 다스려야 할지 되돌아보는 시간을 가졌다. 그러다 문득 이 소중한 감정을 주변 사람들과 나누고 싶다는 생각이 들었다. 비록 인쇄된 이미지일지라도 일상에서 마주한 명화 한 점이 주는 위로와 감동은 가슴으로 나눴을 때 더욱 진한 법이다. 명화를 그려낸 주인공의 삶을 함께 들춰보며 그들의 숨결을 느끼는 일은 결코 시간 낭비가 아니다.

　먼지 덮인 화가의 일생에서 건져 올린 조각들 속에는 사금이 섞여 있었다. 후후 불어 먼지를 걷어내면, 오늘날 우리의 삶에서 얻어가야 할 가치들이 선명하게 모습을 드러낸다. 우리보다 더 부족하고 막막했던 조건들을 몸소 버텨내며 시대를 앞장섰던 거장들의 과거는 그대로 교과서처럼 페이지를 열어준다. 물리적 거리도 멀고 시대도 다른 서양의 명작들이 이미 우리 곁에 안착해 감동과 전율을 선사하듯, 명화 속에서 길어 올린 위안과 위로의 본질 또한 그때나 지금이나 다르지 않다.

그들의 삶이 정답이라고 할 수는 없다. 명작을 남기기 위해 처절한 우여곡절을 겪었던 화가들의 삶이 반드시 따라야 할 정석은 아니다. 다만 과거를 통해 미래의 답을 유추하듯, 그들의 삶을 통과해 곱하고 나누고 더하고 빼며 자신만의 '삶의 공식'을 만들어 가길 바란다. 나는 성실함을 곱하고 완벽주의를 나누며, 세상을 향한 관찰력을 더하고 지나친 예민함은 덜어 내려 한다. 그리고 그 위에 자신감이라는 숫자를 거듭제곱으로 계산하면서 말이다.

누군가의 삶을 통해 나를 다시 돌아본다면, 그것은 비교가 아니라 성장이다.

목차

2부 역경을 재료로

인생의 쓴맛에서 건져 올린 그들의 이야기

작품의 일부는 저작권 문제로 인해 수록하지 못한 점 양해 바랍니다.

1부
허투루 쓰인 삶은 없다

자신의 색채를 찾아가는 여정

줬으면 그만이지

장 바스티유 카미유 코로

카미유 코로는 1796년 프랑스 파리의 부유한 중산층 가정에서 태어났다. 어릴 적부터 그림에 이끌렸지만 부모는 안정적인 삶을 위해 그를 직물상인의 길로 이끌었다. 아버지는 포목상이었고 어머니는 의상 용품 상인으로 부를 쌓았기에, 아들이 가업을 이었으면 하는 마음은 당연했을 것이다. 그러나 코로는 그림 그리는 일을 놓고 싶지 않았다. 예술을 향한 마음의 씨앗은 해마다 자라나 결국 서른이 넘은 나이에 상업을 밀어내고 예술가의 삶을 살기로 결심했다. 스무 살 후반부터 기초 실력을 빠르게 다져나갔던 그는 더 넓은 시야와 전통적인 그림을 배우기 위해 1825년 이탈리아 로마로 유학을 갔다.

3년의 유학 기간 동안 그는 고전적 건축물과 자연을 눈에 담으며 예술적 감수성을 채웠다. 아카데믹한 화풍을 유지하면서도 햇살이 내리쬐는 자연 속에 앉아 풍경 그리는 일에 큰 매력을 느꼈다. 그곳의 공기와 빛이 가슴으로 스며들었고, 그 따뜻함을 담아 자신만의 회화 스타일의 발판을 만들었다.

그는 프랑스로 돌아와 강가나 숲속을 여행하며 풍경화를 자주 그렸다. 초기에는 사실적인 묘사에 치중했지만 차츰 부드러운 빛과 안개 낀 듯 몽환적 분위기를 만들어 냈다. 그래서 그의 그림은 현실의 풍경이라기보다 '기억의 풍경', '감정이 담긴 자연'으로 불렸다. 시적인 풍경의 원조가 된 그는 후에 인상주의 화가들에게 큰 영향을 주는 인물이 된다.

작품 속에는 화가의 성품이 드러나기 마련이다. 따뜻하고 은은한 풍경화를 그린 코로는 평생 겸손하고 조용하며 정적인 성격으로 알려져 있다. 아마도 사람을 보는 그의 시선이 남달랐던 것이 틀림없다. 자신의 눈에 어렵다고 비친 사람에게는 도움을 기꺼이 나눠 주었다. 그렇다면 그가 처음부터 넉넉한 부자였을까. 아니다. 초기엔 자신도 어려웠지만 1850년대 이후 작품이 알려지고 그림이 인기를 얻어 잘 팔리게 되었다. 경제적으로 여유가 생긴 말년에 들어 가난한 화가들을 위해 물질적, 정신적으로 도움을 주었다. 버는 만큼 제 주머니 채우기도 바쁜 사람들이 주변에 널려 있었지만 그의 시선은 항상 자신보다 낮은 곳을 향해 있었다.

그는 어떻게 사람들을 도왔을까. 모델 비용이 없어 그림을 그리지 못하는 젊은 예술가들에게 모델 비를 대신 내주었다. 주변 화가들은 그에게 존경의 마음을 담아 '파파 코로'라 불렀다. 아버지가 자식에게 헌신하듯 대가 없는 이 행위가 얼마나 따뜻하게 느껴지는가. 풍자화가 '오노레 도미에'는 노년에 심각한 시력 저하와 가난에 시달렸다. 코로는 자신의 이름으로 집을 사서 그가 편히 살 수 있도록 도움을 주었다. 도미에는 코로의 도움이 '하늘이 보낸 선물'이라며 코로를 평생 존경했다. 또, 가난하고 젊은 화가들에게 예술적 조언과 수업, 격려를 아끼지 않았다. 재능 있는 젊은 화가가 돈 때문에 붓을 놓는 일은 없어야 한다며 성장하는 이들의 예술적 뒷받침을 자처했다. 병으로 세상을 떠난 동료 화가의 미망인과 자녀 또한 모른 척 하지 않았다. 그들의 자녀를 돌보거나 생활 기금을 지원해 주기도 했다. 그 모든 일에 자신의 이름을 앞세우지 않았다. 익명으로 조용히 도움을 나눠주었다. 그는 자신이 받은 경제적 축복을 젊은 예술가들에게 전하라며 하느님이 잠시 맡긴 것이라 여겼다. 자신 또한 항상 겸손했고 사치스러운 생활을 멀리했다.

> "진정한 예술가는 자신이 받은 빛을 다른 이에게 비춰주는 사람이다." (카미유 코로)

코로는 단순히 풍경화의 거장으로 기억되는 데 그치지 않는다. 나눔과 인간애를 상징하는 거인으로 남았기에 그의 여운은 여전히 사라지지 않고 있다. 그가 보여준 따뜻한 행보는 이후 피사로, 모네, 모리조 등에게도 정신적으로 큰 영향을 주었다. 한 사람에게 나온 나눔은 '곱셈의 법칙'으로 파장됨을 몸소 증명해 보인 셈이다.

대통령으로 인해 나라가 시끄러울 때 문형배 헌법 재판관이 줌 인 되었고, 그의 청문회로 인해 김장하 선생의 선행이 세상에 알려지게 되었다. 중학교를 간신히 졸업하고 한약방 점원으로 일하던 그는 만 18세에 최연소 한약업사 시험에 합격했다. 한약방을 개업하고 얼마 지나지 않아 그는 주변의 어려운 학생의 공납금을 대주기 시작했다. 마흔 살 무렵에는 아예 고등학교를 설립하고 장학회를 운영했으며, 모든 시설을 다 갖춘 뒤 학교를 국가에 헌납했다. (당시 가치로 110억 원에 달한다)

2021년까지 그의 지원을 받은 장학생이 대략 1,000명은 족히 넘었다. 수치가 대략인 이유는 학교와 재단을 통하지 않고 개인적으로 찾아와 도움을 요청하는 학생까지 셀 수 없이 많기 때문이다. 재수생에게는 입시학원과 하숙비까지 지원해 주고, 살 곳이 마땅찮은 아이는 아예 자신의 집에 들여와 함께 살면서 도움을 주었다. 장학금도 성적보다는 가정 형편이 어려운 학생을 우선 선발해 일회성이 아닌 졸업 때까지 전액 지원해 주었다.

그가 존경받는 이유는 단순히 부유해서 교육 사업에 투자했기 때문이 아니다. 대가를 바라지 않고 묵묵히 진심을 다한 '무보상'의 실천에 있다. 그의 겸손한 성품과 철학 덕분에 단 한 사람의 손길이 수천 명의 삶을 일으켜 세웠다.

그는 '내게 다시 돌아올 것'이라는 이익 회귀의 원칙을 던졌다. 생색내기용 행사는 철저히 배제했다. 약간의 기부로 잡지를 도배하고 수십 장의 사진으로 증거를 남기는 누군가의 선행과는 엄연히 구별된다. 자신이 누군지 밝히지 않고 익명으로, 무소음으로 행하는 그의 베풂에 칭찬조차 거북해하는 진심이 담겨있다. 평생 차 한 대도 사지 않고, 발로 걷고 대중교통을 이용했다. 낡은 건물에 기거하며 한약방으로 얻은 수익을 자신에게서 반사시켰다.

그는 교육뿐만 아니라 환경 생태와 지역사회, 그리고 가정폭력 피해 여성들에게도 지원을 아끼지 않았다. 이웃과 진주의 지역 공동체를 위해 기꺼이 자신을 내놓은 그를 향해 사람들은 어른이 없는 이 시대에 '진정한 어른'이라 칭한다.

김주완 기자가 쓴 김장하 선생의 취재기 '줬으면 그만이지'라는 제목에는 그의 무보상 철학이 응축되어 있다. "내가 도와줬으니 이러해야 한다"는 대가의 부담 없이, 자유롭게 자신이 하고 싶은 바를 표현하라는 진정한 어른의 마음이 고스란히 담겨 있다. 그가 뿌린 선행은 그가 원하지 않아도 되돌아왔다. 선생이 키워낸 장학 인재들이 사회 각 분야에서 그분과 같은 길을 가기 위해 노력하고 있다는 것이다. 콩 심은 데 콩 나는 법 아닌가. 선한 씨앗은 반드시 선한 싹을 틔운다. 문형배 재판관이 김장하 선생에게 고마움을 전하려 식사를 대접하려 할 때도 "내게 고마울 필요가 없다. 나도 이 사회에서 받은 것이니 갚으려거든 이 사회에 갚으라."고 말했다.

단순히 돈을 많이 벌어 자신만을 위해 썼다면 지금의 그는 없다.

> "똥은 쌓아두면 구린내가 나지만 흩어버리면 거름이 되어
> 꽃도 피우고 열매도 맺는다. 돈도 이와 같아서 주변에 나누어
> 야 사회에 꽃이 핀다."
> 김장하, 『줬으면 그만이지』 中

예술과 교육은 모두 인간의 가능성을 믿는 일이다. 코로와 김장하 선생은 시대를 넘어 한 인간이 다른 이의 가능성을 믿고 도왔다. 150여 년의 세월을 사이에 두고도 이타적 삶의 정신은 하나로 연결된다. 선행은 이런 것이다. 대가와 간섭 없는 지원, 목적과 결과를 바라지 않는 나눔. 그게 진정한 베풂이다.

이 두 사람이 내 안에만 갇혀 있던 시선을 밖으로 돌아보게 만든다. 타인을 향한 마음은 거창하게 에너지가 들어가야 하는 것이 아니다. 상대의 기분을 헤아리고, 마음의 상처가 되는 말을 내뱉지 않는 것 또한 훌륭한 나눔이다. 돕는다는 것은 곧 이해하고 사랑한다는 마음이다. 혹시 가장 가까이 있는 이들에게 내뱉은 거친 표현들이 그들의 영혼을 가난하게 만들었던 것은 아닐까?

'내 주변에는 힘들거나 가난한 사람이 없는데?'라는 생각은 그들이 멀리 있어서가 아니라 내 마음의 시선이 그곳에 닿지 않아서 보이지 않을 뿐이다. 빨강 옷을 입고 나가면 같은 색의 옷이 눈에 잘 띄는 '선택적 주의' 심리처럼, 관심을 두면 비로소 보이게 된다.

꼭 연탄 나르고 쌀을 기부해야만 봉사가 아니다. 온화한 미소와 다정한 눈길도 누군가에게는 큰 구원이 된다. 마음이 허기진 이에게는 마음으로, 물자가 필요한 이에게는 물질로 필요를 채워주면 된다. 타인을 보듬는 데 강요란 없다. 마음이 이끄는 대로 행하는 것이 곧 이타심이다.

역설적이게도 작은 것을 자꾸 나누다 보면 외려 내가 더 많이 얻는다. 수학적 연산으로는 맞지 않는 셈이지만 인정(人情)의 계산으로는 맞는 셈법이다. 나눔의 계산은 머리가 아니라 마음으로 해야 한다. 내역서는 접어두고 장부가 아닌 허공에 기록할 때, 사람이 진심으로 다가온다.

〈카미유 코로〉 빌 다브레, 1867년,
캔버스에 유채, 49.3×65.1 미국 워싱턴 D.C국립 미술관

〈장 바스티유 카미유 코로〉 피에르퐁의 성채, 1835년경,
캔버스에 유채, 74.5×105.8, 신 오티나미 미술관(덴마크)

벗은 몸, 나를 보다

에곤 실레

누드 크로키 모임에 참석했다. 정적인 작업을 좀 벗어나고 싶은 열망과 손이 기억하는 드로잉 맛을 느끼고 싶었다. 늘 똑같은 일상, 비슷한 그림을 그리는 매너리즘에 신선한 자극이 필요하던 차였다.

'누드'라는 과격하고 긴장된 대상을 그려야 하는 떨림, 그리고 빠른 속도로 드로잉해야 하는 압박감이 나를 경직된 상태로 만들었다. 그래도 전공자라는 다소 안일한 프레임을 믿었다. 수십 년 전, 기억 저편에 있던 대학 2년 차 수업이 오버랩 되었다. 첫 누드모델을 접하고 민망함과 당혹감에 쉽게 붓을 들지 못했던 기억이 연한 연필 자국처럼 올라왔다. 그리고 지우고 그리고 지우고……. 모델을 향한 수많은 눈의 스침은 어느새 나를 노련한 미술학도로 만들어 주었다. 그 시절을 회상하며 수없이 그려왔던 데생 실력은 사라지지 않을 거라며 자부했지만 지금의 인체 앞에서 한없이 당황했다. 단련의 쉼은 테크닉의 하락을 불러오기에, 당장 관능미가 넘치는 곡선을 유려하게 그려내기가 쉽지 않았다. 완만한 곡선과 비례의 조화를 다루는 인체는 드로잉의 최대 경지라 할 수 있다.

떨리는 손으로 하나하나 모델의 인체를 그리기 시작했다. 손으로 그려내는 게 아닌 눈으로 훑어내야 한다. 잘 관찰해야 잘 표현되기 때문이다. 눈과 손의 협력적 전달이 없다면 정확한 선이 나오지 않을뿐더러 마음에 드는 선도 아니다. 눈에 보이는 현실의 선과 내가 그려내는 가상의 선이 잘 맞아야 한다. 그 접점을 빠른 속도로 찾는 것이 크로키의 매력이다.

면과 선의 조화로움을 찾아 시행착오를 하며 든 생각이다. 인체 모델을 그려야 할 대상물이 아닌 사람 대 사람으로 보기 시작했다. 왜 이런 일을 하는 걸까. 옷을 벗고 자신의 치부를 드러내는 일은 세상 무엇보다 싫을 수도 있는 일인데, 공식적 탈의를 받아들이기까지 얼마나 오랜 시간이 걸렸을까. 이 일을 생업으로 여기고 사람들의 따가운 시선을 피해 여유가 묻어나기까지 지난했을 과정이 궁금해지기 시작했다. 눈은 그녀의 외모를 훑어 내리지만 마음은 저 깊은 동굴과도 같은 곳에 닿았다. 같은 여자로서 심연이 궁금했다.

마음을 훔쳐보고 싶을 때, 모델의 인체를 참고해 독특한 질감이 더해져 성을 적나라하게 표현한 에곤 실레가 생각난다. 왜 그는 과격한 노출을 통해 인간의 성을 그림 주제로 선택했을까.

모델을 통한 타인의 누드뿐 아니라 자신의 누드까지도 과감히 드러냈다. 여태껏 어느 누구도 자신의 노출을 보여주지 않았다. 흔히 꾸밈없는 자신이라고 하지만 옷을 덧대고 모자를 씌우고, 심지어 한 번도 입지 않은 옷으로 위장하며 자신을 캔버스 앞으로 데려왔다. 그에 반해 실레가 실오라기 하나 걸치지 않은 자화상을 공개할 때 사람들은 놀란 눈으로 입을 다물지 못했다.

오스트리아 철도청 역장인 아버지는 실레가 가장 좋아하는 사람이었다. 7살에 그린 기차 그림은 실레의 천재적 드로잉 실력을 여실히 보여준다. 그런데 그가 동경하는 아버지는 매독을 앓고 있었다. 그 병으로 인해 집안이 기울기 시작했다. 아버지의 영향을 받은 누이가 선천성 매독으로 죽고, 병이 악화된 아버지는 정신착란증까지 겪으며 죽음에 이른다. 자신이 가장 믿고 따르던 아버지의 상실은 역설적으로 그가 성(性)에 대해 깊이 천착하는 계기가 되었다. 이에 실레는 죽음을 부르는 성에 대한 두려움이 생기면서도 차츰 영감의 원천으로 삼게 된다.

1906년 16살에 빈 미술 아카데미에 합격했다. 그림에 능숙한 어른도 들어가기 힘든 곳인데 최연소로 합격했다. 누군가의 가르침으로 단련해야 함을 알기에 아카데미에 입학하면서 부지런히 그림을 배웠다. 그러나 독특한 가치관이 있는 그는 학교가 지루하기 짝이 없었다. 개성 없는 그림들, 식상한 가르침이 싫어 교실 밖을 배회하기 시작했다. 실레는 자기만의 개성을 서서히 찾아가고 있었다. 그렇게 주변을 맴돌다 1년 뒤에 그에게 거대한 인연 하나가 다가왔다. 바로 클림트라는 거장과의 조우다. 클림트는 이미 대가의 자리에서 작품세계를 넓히고 있는 너무나 유명한 화가였다. 당시 실레는 17세, 클림트는 45세였다.

반항아 기질에 자기애가 강한 사춘기 소년 같은 실레를 클림트는 넓게 포용해주었다. 과거를 답습하듯 보수적인 분위기를 밀쳐낸 그 패기가 마음에 들었을 것이다. 클림트는 독특한 자기 세계에 몰두할 수 있도록 물질적 지원도 해 주고 정신적 지주도 되어주었다. 둘은 사제지간이자 둘도 없는 친구였다. 또한 실레는 자신이 가장 좋아했던 아버지처럼 클림트에게 의지하기도 했다.

당시의 그림 소비층은 희고 맑은 피부의 8등신을 가진 아름답고 이상적인 누드화를 원했다. 그런데 실레가 '인간의 벌거벗은 신체'라는 대상의 본질을 보여주는 특이한 주제를 발견해 자신만의 독특한 스타일로 그려내자 사람들은 포르노라고 비난했다. 클림트 또한 실레와 비슷한 작업 방향이었기 때문에 더욱 적극적으로 실레를 지지해 주었다. 마치 자신에게 쏟아지는 경멸의 부스러기들을 방패처럼 막아주었다. 당돌한 실레는 거장이 있어 든든했다.

클림트는 21살 실레에게 17살 모델 '발리 노이칠'을 소개해 주었다. 그녀는 그때부터 실레의 뮤즈가 되어 작품 곳곳에 흔적을 남겼다. 실레의 그림은 차차 성을 확대해 도시의 이중성을 고발하는 일에 포커스를 맞추었다. 신사라고 자부하면서 뒤에서는 문란한 성생활을 하는 사람들의 위선을 꼬집는 것 말이다. 상류층은 그런 그의 그림을 불편해하며 비난했다.

그런 시선 따위 아랑곳하지 않을 자존감 높은 실레지만 사회의 거북함이 싫었다. 따가운 시선도 한두 번이어야 말이지. 지친 실레는 발리와 함께 한적한 시골 마을로 거처를 옮겼다. 그러나 그곳에서도 사람들의 눈은 날카로웠다. 혐오스럽고 기괴한 그림을 그리는 데다 동네 아이들을 모델로 삼아 그림을 그린다는 이유로 미성년자 유혹 혐의로 재판장까지 서게 된다. 실레는 화가 났다. 감옥살이까지 다녀온 실레는 이때부터 예술에만 몰입해 있던 일방적 성격을 잠시 내려놓게 된다.

모델을 천한 직업으로 여겼던 그 당시 사람들은 어린 모델과의 동거도 탐탁지 않게 여겼다. 이에 실레는 뮤즈였던 발리와의 관계를 정리하고, 좋은 집안 출신인 '에디트 하름스'에게 청혼한다. 자신의 예술 활동 지속을 위해 냉정하게 내린 결정이었다. 26살에 결혼한 실레는 야생마 같은 기질에서 많이 온화해지고 다듬어졌다. 아쉽게도 2년 후, 스페인 독감으로 인해 임신 6개월인 에디트를 따라 하늘로 가면서 28년의 짧은 생을 마감하게 된다.

에곤 실레는 인간의 욕망인 성에 대한 주제를 숨김 없이 과감하게 드러내는 일에 앞장섰다. 감추고 숨기는 이면의 것들이 오히려 부끄러움이 된다고 여겼다. 대상의 본질을 보여주고 포장하지 않는 그대로를 드러내는 일은 인간의 생로병사의 한 부분이다. 그림을 보는 사람이 오히려 부끄러워해야 할 정도로 직설적인 그였다. 그의 독특하고 이단아적인 생각, 나르시시즘의 끝판왕인 그에게서 실오라기 하나 걸치지 않는 순수 본질을 생각해 보게 된다.

> "벗어야 보이는 것들이 있다. 옷과 화장, 표정으로 애써 숨기고 한껏 꾸민 내가 아니라, '나'라는 사람의 '실체'가 궁금하다면 나의 벗은 몸을 봐야 한다. 그래서 '발가벗는' 것에는 아주 큰 용기가 필요하다. 민망함과 수치심은 찰나의 감정일 뿐이다. 진짜 어려운 건 꾸밈없이 나와 정면으로 마주하는 일이다."
> 정은영, 『나는 누드모델입니다』, 라곰

드로잉 모임에서 품고 있던 궁금증이 책 하나를 들게 만들었다. 이 책에서 보여주는 타인의 삶 속에 수많은 '나'가 보였다.

내가 타인의 알몸을 그리듯 타인도 나의 몸을 볼 수 있지 않을까. 나는 어떤 몸을 가졌는가. 내가 살아온 삶이 세월의 나이테가 되어 몸 곳곳에 숨겨져 있을 것이다. 내가 미처 발견하지 못한 것들. 곡절 많은 삶이 피부를 타고 들어와 내 육체를 성형하지 않았을까. 삶의 애환이 내 옆구리로, 나의 고통이 내 종아리로, 세월의 물결을 인 내 등이 누군가의 눈에 도드라져 보일 것이다. 자신은 볼 수 없지만 타인의 눈에만 보이는 것들이 분명히 있다.

타인이 그린 나의 모습도 예술이 될 수 있을까. 보이고 가리는 것을 떠나 영혼의 부끄러움이 없는 투명한 삶. 그것은 나를 건강한 나르시시스트로 만든다. 어떤 것으로 둘러싸인 게 아닌 세상에 처음 나올 때의 모습, 그게 진짜 나다.

실레의 그림에서 나의 가장 순수한 본질을 더듬어 본다.

〈에곤 실레〉포옹, 1917년,
캔버스에 유채, 100×170, 오스트리아 빈 벨베데레 미술관

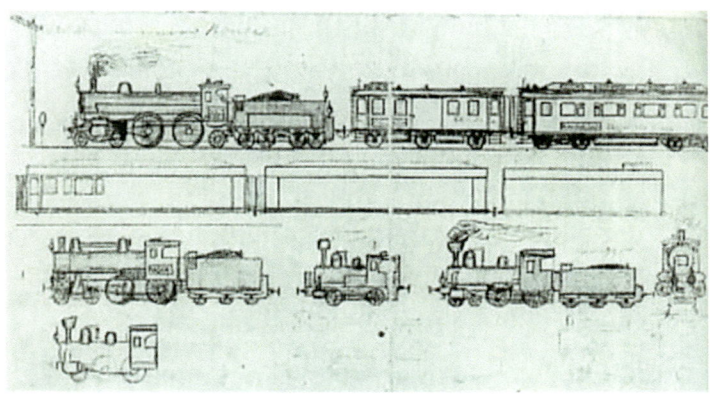

〈에곤 실레〉7살에 그린 기차 그림

그림에 과학을 입히다

조르주 쇠라

쇠라는 인상주의 화가들이 그림에서 빛을 포착하는 방식을 눈여겨보았다. 하지만 그들이 순간의 인상을 즉흥적으로 표현하는 방식에 아쉬움을 느꼈다. '어떻게 하면 더 맑은 빛을 구현해 낼 수 있을까?' 그는 이 질문을 가슴에 품고 깊은 사유에 잠기곤 했다. 그리고 화학자와 물리학자들이 색채에 관한 연구를 발표할 때마다 큰 관심을 가졌다. 특히 색채가 감정을 표현한다는 점과 주변 색에 따라 동일한 색도 다르게 보인다는 사실에 집중했다. 물감을 직접 섞으면 명도가 낮아져 탁해지지만, 광선의 혼합은 명도를 높인다는 원리는 그의 예술관을 뒤흔든 획기적인 발견이었다. 그래서 그는 감정의 영역을 과학으로 접근했고, 집요한 탐구 끝에 드디어 새로운 기법을 찾아냈다. 짧은 붓터치로 무수히 많은 점을 찍어내는 색의 화법은 빛의 물리학과 시각의 생리학이 정밀하게 담긴 계산의 산물이었다.

쇠라는 1859년 프랑스 파리의 유복한 가정에서 태어났다. 아버지는 법원 공무원이었고 어머니 또한 부유한 집안 출신이다.

그림 그리기를 좋아하는 아들이 미술을 전공한다 해도 아무도 말리지 않았다. 쇠라는 1878년 파리의 국립 미술학교인 에콜 데 보자르에 입학했다. 그러나 그 다음해 바로 학교를 중퇴했다. 우연히 인상주의 전시 하나를 보고 결정한 일이다.

전통적이고 아카데믹한 회화 방식에 만족하지 못하고 있던 찰나, 파격적이고 도전적인 인상주의 화가들의 앞선 그림 세계가 마음을 확 끌어당겼다. 빛을 화폭으로 끌어들인 그림들에 매료된 그는 '그래, 시대가 변하고 있다. 더 새로운 방식의 신선함을 찾아야 한다.'고 다짐했다.

1년간의 군 복무 기간에도 그는 연필과 크레용을 놓지 않으며 손의 감각을 짬짬이 익혔다. 1880년 파리로 돌아온 그는 본격적으로 작업실을 만들고 2년 동안 빛을 배제한 흑백화에 몰두하기도 했다. 이는 오히려 색을 빼내고 색을 객관적으로 바라보는 자기 수련의 시간이었다. 이후 낭만주의가 내면세계를 자연에 투영하던 흐름을 지나, 쇠라는 인상주의와 궤를 같이하면서도 자신만의 독창적인 시선으로 빛을 연구하기 시작했다. 그렇게 탄생한 야심작 〈아스니에로의 물놀이〉를 살롱전에 출품했으나 결과는 냉혹한 낙선이었다. 모든 것이 예상대로 되지는 않는 법이다.

쇠라는 1884년 독립 미술가 협회[1] 를 결성하고 그 협회의 일원이 되었다. 그곳에서 운명적인 동료 폴 시냑을 만나 빛에 대해 더 집요하게 연구하게 된다. 쇠라는 물감이라는 물리적 재료를 사용하면서도 빛의 특성인 가산혼합의 효과를 내는 '색광주의'를 정립했다. 그의 그림 앞에 서면 색채가 망막 위에서 완성된다. 화면에 실재 존재하는 것은 파랑과 노랑의 작은 점들이지만, 그것들을 섞어서 녹색으로 만들어 내는 것은 관객의 눈이다. 쇠라의 그림은 망막의 역할이 크다. 관객의 망막은 단순한 신체 기관을 넘어 그림을 완성하는 최후의 화판이 된다.

"누군가는 내 그림에서 시가 보인다고 하지만, 내게 보이는 건 과학뿐이다." (쇠라)

1884년 《그랑드자트 섬의 일요일 오후》가 대중에게 선보였을 때 당대 미술계를 심히 흔들었다. 그의 집요한 연구는 그림 한 장에서 강렬하게 나왔다. 점 하나하나 찍어서 가로 3미터와 세로 2미터짜리 대작을 내놓았을 때 사람들은 먼저 그 성실함과 정성에 감탄했다. 이 작품을 위한 연습작만 60장에 달한다고 하니, 아마도 그는 정신 수양을 겸하는 수도자급 몰입의 경지에

---

[1] 독립 미술가 협회: 살롱의 엄격하고 보수적인 아카데미즘과 심사제도에 반대하여 만들어 짐. 이 협회에서 주최한 전시회가 '앙데팡당 전'

이르렀던 것은 아닐까. 2년여 동안의 집중력과 끈기는 흐트러질 수 있는 인내력을 장인정신으로 무장하고 스스로를 끌어당겼다. 그림과 마주했을 긴 시간 동안 예술적 고독이 얼마나 많이 찾아왔을까.

실제로 그는 평생 조용하고 내성적인 성격이었다. 차분한 성품 덕분에 수만 개의 점을 찍는 인고의 시간을 차분히 즐겼는지도 모르겠다. 사물의 경계를 조용히 관찰하며 그 속에서 규칙을 찾으려 노력했던 그의 성실함은 작품 속에 함축적으로 녹아 있다.

차츰 대중에게 명성을 얻어가던 찰나, 그는 젊은 모델 '마들렌 크노블로흐'와 동거해 아들을 낳았다. 이후 마들렌을 부모님에게 정식으로 소개하고 결혼도 했다. 운명은 어찌 이리도 인색한지. 결혼한 지 이틀도 되지 않아 쇠라는 갑작스럽게 세상을 떠난다. 사인은 명확하지 않으나 전염성 질환(디프테리아 또는 인두염)으로 알려졌다. 안타깝게도 그의 어린 아들이 아버지가 떠나고 얼마 지나지 않아 같은 병으로 세상에서 사라지게 된다.

쇠라는 점묘화의 창시자이면서 인상주의에서 신인상주의로 넘어가는 다리 역할을 했기에 미술사적으로 잊힐 수 없는 존재다. 색과 형태를 해체하고 재구성하는 그의 방식은 현대미술의 시초인 큐비즘과 추상 회화에도 지대한 영향을 주었다.

그는 예술가라기보다 '빛의 연구자'에 가까웠다. 감정의 폭풍을 내려놓고 사유하는 수학자라고나 할까. 그의 그림에는 질서 속에 인간의 외로움이 베여있으며 삶의 불안과 고독을 이겨내는 인간의 온기가 느껴진다. 그는 짧은 생애 동안 색과 질서로 자신의 이야기를 남기고 떠났다.

그림에 과학을 입힌 또 다른 화가들은 이전에도 있었다. '르네상스적 인간'이라 불리는 레오나르도 다 빈치는 해부학, 광학, 공학 등 다양한 과학 분야를 예술에 접목했다. 수학적인 원근법으로 공간의 깊이를 이해했고 빛과 그림자를 터득해 윤곽을 스푸마토 기법으로 표현했다. 렘브란트는 빛과 어둠의 극명한 대비를 통해 드라마틱한 효과와 인물의 내면을 과학적 지식의 바탕으로 그려냈다. 요하네스 베르메르는 '카메라 옵스큐라'라는 도구를 활용해 그림을 그렸으며, 안료의 화학적 특성을 이용해 독창적인 색감을 구현했다.

불편함을 해소하려는 의지와 새로운 지식을 향한 갈망이 과학을 만든다. 고민의 과정이 깊은 사유를 거쳐 성취될 때, 그 희열은 인간을 성장시킨다. 한 분야에서 고민하는 문제가 새로운 분야와 합쳐져 더 큰 부가가치를 낼 때가 있다. 다양한 영역으로 자유롭게 넘나드는 융합이 현시대에는 환영받고 있다.

쇠라가 빛을 해석하고 그림에 표현했던 방식은 아마도 지금의 인공지능이 개발된 것만큼 획기적이었을 것이다. 놀랍고 신기한 일들이 그림 영역에서도 예외는 아니다. 고흐의 그림이 입력된 AI는 어떤 사진이든지 고흐 그림으로 만들어 준다. 피카소를 입력하면 빛의 속도로 그의 분위기를 재현해 낸다. 한때 지브리 스타일의 자화상이 SNS를 도배했을 때가 있지 않았나. 화가들의 밥벌이가 줄었다는 어두운 그림자는 접어두고 그림이 과학을 만나니 이토록 놀랍고 신선하다.

그럼에도 뉴욕 소더비 경매에서 AI가 그린 그림이 18억 원에 낙찰되었다는 소식을 들으면 마음 한구석이 쌉싸름해진다.

그래도 여전히 그리는 자들이여, 기죽지 마라! 과학이 흉내 내지 못하는 나만의 '온기'는 돈으로 환산할 수 없는 것이니.

〈조르주 쇠라〉 아스니에로의 물놀이, 1884년,
캔버스에 유채, 201×301, 내셔널 갤러리

〈조르주 쇠라〉 그랑드 자트 섬의 일요일 오후, 1884~1886년,
캔버스에 유채, 207.6×308.1, 미국 시카고 미술관

캔버스에서 얻은 삶의 공식

우리의 노동은 숭고하다

장 프랑수아 밀레

밀레는 프랑스 노르망디의 그레빌이라는 작은 시골 마을에서 태어났다. 농부의 집안으로 8남매 중 둘째이자 장남으로 태어난 그는 아버지와 자연스럽게 농사짓는 삶을 살았다. 농사일에 충실하면서도 그의 눈은 늘 그림으로 향하고 있었다. 미술관조차 없는 작은 시골 마을에서 그림 공부를 제대로 하기는 어려웠으나 삽화를 따라 그리며 실력을 쌓아갔다. 화가가 되겠다는 생각이 완전히 굳혀졌을 때, 결국 예술의 도시 파리로 떠나기로 마음먹었다. 아버지가 돌아가신 후 집안의 생계를 책임져야 하는 막중한 임무가 있어 마음이 무거웠다. 그러나 할머니와 어머니는 그가 화가로서 성공해 반드시 사랑하는 가족에게 돌아올 것이라 믿으며 그의 길을 지지해 주었다. 이후 밀레는 '에콜 데 보자르'에서 역사화를 그리는 폴 들라로슈의 제자가 되었다. 밀레는 쉬지 않고 루브르 박물관에서 대가들의 그림을 연구해 나가며 성장했다.

그는 바로크 시대의 고전주의 전통을 바탕으로 사실적인 세부 묘사를 조화롭게 결합해 점차 밀레만의 독창적인 화풍을 완성해 나간다. 농부였던 경험을 토대로 농촌 생활의 고단함과 노동의 가치에 주목하며, 농민의 삶을 가장 사실적으로 그리는 화가가 되었다. 비록 초기에는 생활고에 시달려 저렴한 누드화를 그리며 생계를 유지하기도 했으나, 1848년 살롱에 출품한 작품이 입선하면서 비로소 사람들에게 자신의 이름을 알리기 시작했다.

19세기 프랑스는 산업혁명, 도시화, 계급 갈등이 격렬했던 시기였다. 밀레의 그림은 그 혼란 속에서 전원생활의 향수를 불러일으켰고, 소외된 계층의 삶을 예술적으로 승화시켰다. 그는 배경에 머물러 있던 사람들을 주인공으로 내세워 그들 노동의 숭고함을 세상에 알리고자 했다.

1849년, 밀레는 작은 시골 마을 바르비종에 정착한다. 이때 루소와 코로 등 다양한 사람과 교류하면서 '바르비종파'를 창립했다. 퐁텐블로 숲 근처에서 자연을 직접 관찰하고 사실주의적 풍경화를 그린 이 모임은 밀레에게 노동의 의미를 더욱 깊게 성찰하는 계기가 되었다. 다른 화가들이 주로 농촌 풍경에 집중했다면, 밀레는 그 풍경을 배경 삼아 농부의 삶을 전면에 배치했다.

'진정한 위대함은 어디에 있는가? 높은 성벽 안에 있는 것인가? 아니면 땀 흘리는 손바닥 안에 있는 것인가?' 밀레는 늘 이런 의문을 가지고 있었다. 그림의 가치를 어디에 둘 것인지, 배경과 주제를 넘나들며 충분히 고민하고 생각했다. 화려한 영웅이나 귀족이 아닌 굽은 허리를 가지고 일을 하는 사람, 흙먼지를 뒤집어쓴 검은 손, 저무는 노을 아래 고개 숙여 기도하는 사람들. 그들을 마음으로 쓰다듬으며 예술의 주인공으로 앞세웠다. 노동을 비참한 굴레로 보지 않고 인간 본질의 숭고한 일부로 표현한 것이다.

당시 많은 화가가 시골의 삶을 낭만적으로 이상화했으나, 밀레는 있는 그대로의 현실을 직시했고, 그 고된 노동 속에서 인간의 존엄을 발견했다. 밀레의 이런 시선은 단순한 사실 묘사를 넘어 인간 존재의 의미를 일깨워 준다. 사람은 자연과 더불어 살아야 하는 운명이며, 그렇기에 그들의 일상이 더없이 소중하다는 것. 씨를 뿌리고 키질하는 것은 결코 비천한 행위가 아니라 흙에서 발견한 성스러운 노동임을 그는 강조하고 있다.

주변에서는 영웅이나 신화 속 인물을 그리며 그들의 위대함을 부각시켰다면 밀레는 평범한 농민의 삶을 위대함의 반열에 올려놓았다. 자연 속에서 인간이 어떻게 살아가야 하는지에 대한 철학을 담으면서 말이다. 자연은 단순한 배경이 아니라 삶의 무대이며, 인간이 존재하는 이유와 맞닿아 있는 공간으로 표현했다.

밀레의 작품으로 인해 많은 인상주의 화가가 영감을 받았다. 특히 빈센트 반 고흐는 밀레를 '그림 세계의 아버지'라 부르며 그의 작품을 수없이 모작하기도 했다. 밀레는 1868년 프랑스 최고의 예술 훈장인 '레종 도노르'를 수여받으며 잠시 여유를 얻었으나 그의 삶은 평생 가난의 연속이었다. 아버지와 할머니, 어머니가 차례로 세상을 떠날 때도 고향으로 돌아갈 여비가 없어 마지막조차 지키지 못했다. 그러나 가난과 비난 속에서도 흔들리지 않고 자신의 철학을 고집하며 진심을 다해 그림을 그렸다. 1875년, 그는 61세의 나이로 바르비종 집에서 조용히 생을 마감했다.

세상이 외면하던 삶을 화폭에 담고 평범한 이들을 주인공으로 삼은 밀레가 우리에게 묻는다.

"오늘 네 삶의 노동은 헛되지 않았는가?"라고. 이는 나의 현재를 되돌아보고, 평범한 일상에서 길어 올린 가치를 되짚어 보게 한다. 살아가는 이 순간순간이 충분히 숭고함을 말하고자 하는 것이리라.

제시간에 도착하기 위해 붐비는 지하철을 뚫고 일터로 향하는 우리의 발걸음은, 마지막 한 톨의 이삭이라도 놓치지 않으려 허리를 숙이는 여인들의 삶과 다르지 않다. 저무는 해를 배경으로 버스 뒷좌석에서 하루를 되새김질하는 행위는, 노을 속에서 밭일을 멈추고 기도하는 농부의 경건함과 닮아 있다. 노동은 나의 삶을 유지하는 반복이다. 고되고 힘든 과정일지라도, 그것은 내가 살아가는 리듬이자 몸이 그리는 드로잉이다.

몸보다는 머리를 더 많이 써야 하는 우리의 노동 또한 마찬가지다. 하루하루 어제와 다른 나를 만들고 미세하게 성장시키며, 나를 조형해 나감으로써 원하는 삶에 다가가게 된다. 괴로운 일들의 미로를 수없이 통과하다 보면 세상일에 노련해지게 마련이다. 풍랑을 만나야 노 젓는 법을 배우듯, 각자의 노동에는 수많은 역경이 놓여 있다. 천천히 도움닫기 해 훌쩍 뛰어넘는 순간까지 얼마나 많은 연습이 필요한가. 사람마다 그 시간이 다를 뿐. 삶의 만족은 결과보다 과정 속에서 이루어질 때 비로소 배움의 장이 된다. 내가 흘린 수많은 땀과 몸으로 그려낸 노동이 모여 비로소 목표로 한 삶에 바짝 다가설 수 있다.

우리의 노동은 시대를 불문하고 위대하고 아름답다. 우리의 일상이 그대로 액자 속 풍경이다.

〈장 프랑수아 밀레〉 감자 심는 사람들, 1861~1862년경,
캔버스에 유채, 82.5×101.3 미국 보스턴 미술관

〈장 프랑수아 밀레〉 씨 뿌리는 사람, 1850년,
캔버스에 유채, 101×82, 미국 보스턴 미술관

남들이 뭐라든 내가 옳다

앙리 루소

    루소는 프랑스 북서부 도시 '라발'이라는 곳에서 태어났다. 함석공(얇은 금속판이나 함석을 이용해 물건을 만드는 사람)의 아들로 부유한 가정은 아니었다. 고등학교를 중퇴하고 어느 회사에서 잔심부름하다가 돈을 훔쳤다는 누명을 쓰고 고소를 당했다. 루소는 현실 도피성으로 자원입대했다가 아버지가 돌아가시자 집으로 돌아와 가장이 되었다. 생계를 위해 열심히 뛰었다. 시간이 흐르고 스물다섯 살에 어린 여인 클레망스와 결혼하게 된다. 일곱 명의 자녀를 두며 평범한 삶을 이어가려 했지만, 그중 다섯 명을 하늘로 떠나보내는 비운을 안는다. 아내마저 서른넷의 나이에 하늘로 보내고, 그후 10년 뒤에 재혼한 부인마저 4년 만에 사망하게 된다. 루소는 가난했고 더불어 가정의 어두움이 많았다. 27세가 되던 해, 생계를 위해 파리 세관 사무소에서 근무하게 되었다. 후에 미술계에 발을 들여놓고 나서도 '세관 징수원(르 두아니에 Le Douanier)'이란 별명이 뒤따라 다녔다.

    고등학교를 중퇴하고 따로 미술교육을 받지 않았던 그는 틈

틈이 종이에 그림을 끄적거렸다. 평일에는 세관원의 생계에 몰두하기로 했고, 일요일이 되면 본격적으로 미술에 전념하기로 마음먹었다. 시간이 나는 대로 미술관과 박물관에서 대가의 그림을 모사하며 화가로서의 기술을 독학했다. 그러나 곱지 않은 시선들이 뒤따라오곤 했다. '일요화가', '아마추어 화가'라 불리며 때로는 조롱과 무시의 대상이 되기도 했다.

그의 업무는 단순히 통행료를 징수하는 일이었다. 기다리는 일이 대부분이었던 그 틈에도 짬짬이 그렸다. 어쩌면 자식을 잃은 슬픔을 잊기 위해서 붓을 들었던 것일지도 모른다. 차츰 그림에 대한 열정이 솟아나자 1885년 41세의 나이에 작업실을 마련하고 공식적으로 작품을 발표했다. 전업 화가로의 길을 걷기 위해 22년간 일했던 세관을 그만두었다. 아주 많이 늦은 나이의 시작이다.

루소는 1885년부터 열정적으로 전시회에 참여했다. 1886년부터 사망한 1910년까지 24년 동안 해마다 앙데팡당전[2]을 통해 작품을 발표하면서 사람들에게 그림을 선보였다. 자신감이 한껏 보태진 그의 그림 앞에서 사람들은 당황했다. 원근법이 없고

---

[2] 앙데팡당전: 1884년부터 프랑스에서 시작된 무심사, 무상금 원칙의 비경쟁 전시. 파리의 공식 미술 전시회인 '살롱전'의 엄격한 심사 제도와 아카데미즘의 반발에서 출현했다.

색채의 조합을 벗어난 원시적이고 초현실적인 그림을 보고 사람들은 수군거렸다. '전시회의 수준을 떨어뜨리는 발로 그린 초등학생의 그림'이라며 비난했다. 주류를 벗어난 새로운 화풍 앞에서 관람자는 냉정했다. 그러나 루소는 혹평과 비웃음에도 흔들리지 않았다.

"남이 나를 어떻게 보는가보다 내가 나를 어떻게 생각하는 지가 더 중요하다." (앙리 루소)

루소는 동시대 화가들이 주제로 삼았던 1차 세계대전 직전의 평화와 풍요의 '벨 에포크' 파리 풍경을 그리지 않았다. 카페와 서커스, 극장, 사창가 등 그 시대 화가들이 앞다투어 그리던 소재는 루소에게 관심 밖이었다. 대신 그는 자연으로 눈을 돌렸다. 식물원, 동물원을 찾아 그림 소재를 찾고 이를 자신의 화폭에 적절하게 담아냈다. 인상주의가 표현했던 현실의 풍경이 아닌 마치 정글의 신비스럽고 환상적이며 동화적 요소를 담고 싶었다. 섬세하고 때 묻지 않은 순수한 이미지를 자신의 스타일로 만들었다. 현실을 벗어난 환상과 꿈의 요소를 다루는 루소는 단 한 번도 외국에 나간 경험이 없다. 오직 파리의 식물원과 동물원을 자주 드나들며 현실의 소재를 머릿속으로 구상하고 변형했다.

"자연보다 나은 스승은 없다." (앙리 루소)

　루소가 동시대 미술의 흐름에 합류하지 않고 자신의 개성을 강하게 담은 그림을 그릴 수 있었던 것은 오히려 정규교육을 받지 않아 생각의 틀이 자유롭기 때문이 아니었을까. 획일화된 구도와 남다를 것 없는 소재를 다뤘다면 이름조차 희미한 화가가 되었을지도 모른다. 환상적이고 몽환적인 그림의 주인인 루소는 섞여야 한다는 생각보다 '독특해도 괜찮다'라는 생각에 후한 점수를 주었다.

　사실, 그가 원근법과 비례를 무시한 그림을 그린 것은 의도라기보다 그런 미술적 표현법이 어렵기 때문이다. 달리 보면 고전적 원근법과 비례에 대한 실력이 부족했기에 오히려 자유롭고 상상의 제한을 두지 않는 자유방임적 작품들이 가능했다. 단점이 장점의 불을 지폈다. 다른 화가들에게 질타를 받은 이유는 '배우지 못한 테크닉'이었지만 루소는 코웃음 쳤다. '신경 쓰지 마시오. 내 갈 길을 가겠노라!'라는 불도저 마인드가 지금의 루소를 만들었다.

　루소는 당당했다. 부족한 점을 보완하기보다 꿋꿋하게, 틀에 박힌 이론을 무시하고 자신의 스타일을 밀고 나갔다. 남들의 평가에 개의치 않았다. 나만 할 수 있는 그림에 자부심을 느끼고 독특한 화풍으로 밀어붙이자 그제야 하나둘씩 사람들이 알아봐 주기 시작했다. 그가 진가를 발휘하게 된 결정적 인연은 피카소였다. 당대 최고의 거장이던 피카소는 루소의 작품을 '살롱전의 때가 묻지 않은 순수한 작업'이라고 찬사를 했다. 신비롭고 원초적인 에너지는 그가 찾아 헤매던 그림 요소이기도 했고, 새로운 예술을 갈구하기 위해 그가 잊어야 했던 지식이 없는 기술이기도 했다. 피카소는 그 다듬지 않은 테크닉이 부러웠다. 피카소는 고작 20대였지만 루소는 60대였다.

루소는 이름이 알려진 후 그들과 교류하며 그림 세계를 확장할 수도 있었지만 성격상 어울림을 싫어했다. 자신이 살던 동네로 돌아가 꾸준히 자기 스타일대로 그림을 그렸다. 비록 늦은 나이에 그림을 시작했어도 세파에 흔들리지 않고 당당하게 자신의 길을 개척했던 그였다.

40대에 붓을 들기 시작한 루소에게 사람들은 배운다. 아주 많이 늦은 나이지만 조급해하지 않고 자신이 좋아하는 일을 꾸준히 해나갈 때 좋은 결과를 안겨준다는 교훈 말이다. 깊은 뿌리가 큰 나무를 지탱하듯, 루소 역시 견고한 자존감의 뿌리로 흔들리지 않을 수 있었다.

세파에 흔들리지 않는 나 자신을 만들기 위해 루소의 인생을 들여다보곤 한다. 피할 수 없는 SNS 속을 유영하다 보면 나 자신이 초라해지기도 하고 주류에 휘말릴 때가 있다. 정작 내가 표현하고 싶은 게 무엇인지, 대중이 좋아하는 그림 스타일을 따라가야만 하는지, 나다운 그림이 무엇인지 혼란에 빠진다. 그 심적 혼란은 '늦은 나이'에 박히고, '영감의 노화'를 들쑤시며 '자질 부족'으로 인한 통증을 몰고 온다. 앞으로 나아가기도 바쁜 시기에 '늦은 게 아닐까?'라며 자주 붓을 쥔 손에 힘이 빠졌다.

"신이시여. 나에겐 어떤 처방전이 필요한가요?"

"루소의 삶을 생각하라!"

타인의 말 한마디에 쉽게 상처받고 마음이 멍들곤 하는 내가 강한 심지를 키우기란 결코 쉽지 않다. 루소는 "그림을 못 그리는 사람"이라는 날카로운 비난을 들어도 이를 적절히 받아치며 이겨냈다. 타인이 걷는 넓은 길보다 좁을지언정, 내 길에서 길어 올린 만족감이 있다면 그것만으로도 충분히 괜찮은 삶이다. 가타부타 말들이 많아도 '내 관점이 타인의 관점보다 우위에 있다'는 확신이 그로 하여금 붓을 놓지 않게 했던 것처럼 말이다.

루소에게 배운다. 내가 생각하는 게 맞고, 내가 옳다. 그 시기는 반드시 온다. 포기하지만 않는다면······.

〈앙리 루소〉 폭포, 1910년, 캔버스에 유채, 116.2 × 150.2, 미국 시카고 미술관

〈앙리 루소〉 나 자신: 초상-풍경, 1890년,
캔버스에 유채, 143 × 110, 체코 프라하 국립 미술관

조용히 찾아오는 행운

알폰스 무하

확고한 독신주의자였던 어머니가 어느 날 밤 꿈을 꾸었다. 하늘에서 천사가 내려와 "어머니를 잃은 아이들이 그대에게 올 것이니 잘 보살펴라"고 조용히 말했다. 잠에서 깬 어머니는 며칠간 그 꿈을 잊을 수 없었다. '내가 어머니가 된다니 이게 무슨 꿈일까?' 그리고 나서 얼마 후, 먼 친척으로부터 편지 한 통을 받게 된다. 아이 셋이 딸린 남자를 한번 만나보지 않겠느냐는 내용이었다. 어머니는 얼토당토않은 일이라며 편지를 구기려 했지만, 며칠 전 꿈을 생각해 보니 아마도 신의 계시일지도 모른다는 생각에 그 남자를 만났다.

그렇게 어머니는 이미 세 아이를 둔 남자와 결혼하게 되었고, 넷째로 알폰스 무하가 태어났다. 1860년 무하가 태어난 체코의 모라비아는 시골 중의 시골이었다. 당시 어머니는 부잣집 자제들을 가르치는 일을 하고 있었는데, 명석하고 똑똑하다는 소문이 자자했다. 장난감 하나 없는 시골 마을에서 아들에게 어떤 놀잇감을 줄까 고민하던 어머니는 목걸이 하나를 만들어 주었다. 그런데 그 목걸이에는 장식 대신 연필을 매달았다. 무하는 틈만 나면 그 연필 목걸이를 쥐고 그림을 그렸다. 여덟 살에 그린 그림만 보더라도 무하의 천재성이 고스란히 드러났다.

무하가 미술에만 관심이 있었던 것은 아니다. 그의 예술적 기질은 소리에서도 빛을 발했다. 목을 뚫고 나오는 그의 아름다운 노랫소리는 많은 이를 감동시켰다. 원래 그의 꿈은 노래하는 가수였다. 중등학교와 비슷한 슬라브 김나지움에 입학한 뒤, 성 베드로와 성 파울 성당에서 성가대원으로 활동하며 노래 실력을 키워나갔다.

그런데 변성기가 찾아오면서 목소리가 바뀌게 되었다. 여느 아이들처럼 자연스러운 과정을 거쳐 제 목소리를 찾아야 했지만, 하필 그 과정에서 문제가 생겼다. 알토 파트에 해당하는 음조차 내지 못하는 상황에 이르자, 그는 더 이상 음악을 계속 할 수 없었다. 결국 무하는 차선책이었던 그림으로 돌아갔다. 하나의 길을 접자 다른 재능이 더 큰 힘을 발휘하기 시작한 것이다. 마치 가지치기한 나무에서 더 크고 달콤한 과일이 열리는 것과 같았다.

살아생전에 큰 부를 누린 몇 안 되는 화가 중의 한 명인 그였지만, 처음부터 승승장구했던 것은 아니다. 극장을 꾸밀 장식

화가를 찾는 일자리에서 간신히 취직했으나 극장에 큰 불이 나면서 일자리를 잃고 말았다. 어렵게 구한 직장을 잃자 그는 귀족들의 초상화를 그리며 생계를 이어 나갔다. 다행히 어린 시절부터 다져온 천재성이 한 귀족의 눈에 띄었고, 백작은 무하가 그림에 매진할 수 있도록 경제적 후원을 아끼지 않았다. 덕분에 여유가 생긴 무하는 그림을 좀 그린다는 사람들이 모인 파리로 떠나게 된다. 하지만 파리의 미술학교에서 공부하며 시간을 보내던 중, 이렇다 할 성과가 나타나지 않자 백작의 후원이 끊기고 말았다. 멀고 낯선 땅에서 어떻게 살아야 할지 막막한 날들이 이어졌다. 닥치는 대로 일거리를 찾던 그는 인쇄소에 취직했다. 동화나 잡지의 삽화를 그리는 곳이었는데, 메인 작가가 아닌 서브 작가로 근근이 벌이를 시작했다.

그는 인쇄소에서 시키는 일을 묵묵하고 성실하게 수행했다. 작은 것 하나라도 놓치지 않고 배우고 익혀 나갔다. 그의 그런 모습이 하늘을 감동시켰을까. 어느 날, 그에게 운명을 바꾸는 기회가 찾아온다.

인쇄소에 한 남자가 다급히 들어왔다. 때는 크리스마스이브다. 인쇄소뿐만 아니라 연휴를 즐기느라 가게 문은 모두 닫혀 있었다. 남들 다 쉬는 날, 그날도 무하는 인쇄소에 혼자 남아 일을 하고 있었다. 당시 '사라 베르나르'는 잘 나가는 연극 배우였다. 연극무대가 연일 흥행에 성공하며 승승장구하던 중 바로 직전에 막을 내린 연극이 흥행에 실패하고 말았다. 사라 베르나르는 유일한 홍보수단인 포스터에 생각이 꽂히고, 고만고만한 포스트가 아닌 참신하고 독창적인 포스터를 제작하기를 원했다. 그런데 이미 만들어 놓은 새 연극 〈지스몽다〉의 포스터를 보더니 이것이 아니라며 갈기갈기 찢어버렸다. 매니저에게 불호령을 내리며 좀 더 참신한 포스터를 다시 만들어 오라고 지시를 내렸다. 하필 크리스마스이브에.

매니저는 당황했지만 문 열린 인쇄소를 찾아 나섰다. 우연히 불 켜진 한 인쇄소를 보고 기쁜 마음으로 작업을 의뢰했다. 그러나 메인 작가도 아닌 서브 작가에게 이런 큰일을 맡기는 게 영 내키지 않았다. 그는 불안했지만 시간이 촉박했기에 어쩔 수 없었다.

약속한 날짜가 되어 완성한 포스터를 펼쳤다. 매니저는 썩 마음에 들지 않았다. 그러나 시간이 없었기에 최종 결정자인 사라 베르나르에게 침울한 표정으로 보여주었다. 실망할 거라는 예상과는 달리 그녀는 포스터를 보자마자 뛸 듯이 환호했다. 어디서도 본 적 없는 세련되고 독창적인 스타일, 그것은 바로 그녀가 갈구하던 그 모습이었다. 베르나르는 세련되고 아름다운 이 독특한 포스터를 어서 빨리 시내 건물에 붙이라고 등 떠밀었다. 그런데 다음날 아무도 예상하지 못한 결과를 가져왔다. 벽에 붙인 <지스몽다>의 포스터가 모두 사라졌다는 것이다. 예술작품 같은 포스터를 집에서 보고 싶은 나머지 사람들이 다 떼어가 버렸다.

화사하고 눈부시게 아름다운 그 포스터는 추가 주문되었고 나중에는 돈까지 받고 파는 그림 작품이 되기에 이르렀다. 사람들에게 선명하게 각인시킨 그 포스터로 인해 연극 <지스몽다>는 대흥행을 하게 된다. 그의 나이 서른넷. 무하는 하루아침에 프랑스 포스터계의 유명인이 되었다.

사라 베르나르는 무하와 전속 계약을 맺었고 자신의 연극과 함께한 무하의 그림에 흠뻑 매료되었다. 그는 점점 입소문이 났고 상업미술계에서 그를 찾는 사람이 늘어났다. 단순히 제품을 크게 그리거나 홍보 대상을 앞세워 그리는 촌스러운 방식이 아니었다. 생각의 깊이가 느껴지는, 마치 숨은그림찾기 식의 디자인이 시대를 앞섰다. 또한 그림과 어울리는 글자 스타일까지 세련된 분위기를 자아냈다. 그의 활약은 장신구까지 뻗어나가게 되었고, 무하가 손대는 디자인과 제품은 선보일 때마다 그 자체로 유행이 되었다.

그가 금손으로 알려지기까지 운이 터주질 않았지만 크리스마스의 기적을 맞이하고 무하는 엄청난 부를 쌓았다. 그는 로또에 당첨된 듯한 행운이 주어졌는데도 그 이후로도 현실의 운명을 받아들이며 성실하게 자신의 능력을 쌓아 올렸다. 유명세에 휩쓸려 개구리 올챙이 적 생각 못하는 사람이 많지만 무하는 달랐다. 그는 평범한 사람도 미술을 즐길 수 있게 하는 바람을 가지고 있었기에 포스터 작업에 깊게 몰두했다.

> "포스터는 더 많은 대중을 계몽하기에 좋은 수단이다. 일하러 가는 그들은 멈춰 서서 포스터를 보게 될 것이고, 정신적인 기쁨을 얻을 수 있다. 거리는 누구에게나 열려있는 전시장이 될 것이다." (알폰스 무하)

그는 거리를 갤러리로 만들었다.

'누가 더 실물과 똑같이 그리는가?' 하는 것들이 허무해졌다. 사진이 출현하고 기계가 찍어내는 물건에 열광할 즈음, 몇몇은 자연으로 눈을 돌렸다. 무하는 여성과 곡선, 꽃의 이미지를 가져와 부드럽고 아름답게 만드는 아르누보 양식을 빌려 자신의 그림 스타일을 열어나갔다. 고전 작품에서 아름다움을 익히고 끊임없이 자신만의 것을 찾아 나선 그는 평범한 사람들도 미술을 즐기게 하고 싶은 따뜻한 마음이 자리했다.

쉰 살이 될 무렵 고향으로 돌아온 그는 남은 생을 어떻게 살 것인지 고심했다. 결국 그는 남은 생을 조국을 위해 바치기로 결심하고, 슬라브 민족의 유구한 역사를 그림으로 기록하기 시작했다. 〈슬라브 서사시〉를 제작하며 역사를 공부하고 현장 답사를 다니는 내내 그는 깊은 애정을 쏟았다.

그러나 2차 세계대전으로 체코는 다시 나치 독일의 침략을 받는다. 민족 화가로 활동하던 무하의 행보는 나치의 눈엣가시였다. 결국 79세의 무하는 비밀경찰에 연행되어 고초를 겪었고, 쇠약해진 몸으로 풀려난 지 며칠 만에 세상을 떠나게 된다. 그의 장례식에는 총을 든 나치의 감시 속에서도 10만 명의 인파가 몰려들어 마지막 길을 배웅했다. 무하는 그렇게 민족의 자부심을 일깨워 준 슬라브의 거대한 자존심으로 남았다.

　　　"예술은 단지 그림을 그리는 것이 아니라, 인간의 삶에 아
　　　름다움을 가져오는 것이다." (알폰스 무하)

그의 마무리는 화려한 상업 미술가로서의 명성을 내려놓고 민족적 정체성을 예술로 끌어올려 놓고 갔다.

새로운 일을 시작했다. 떨어진 청력으로 잘 해나갈 수 있을지 많이 긴장했다. 하루하루 긴장의 연속이었던 일이 안정을

찾을 때까지도 의문이 떠나지 않았다. '과연 이 길이 내게 맞는 걸까?'

예상했던 대로 이따금 고비가 찾아왔다. 불안감도 들쑥날쑥했다. 해 왔던 일과 해 보지 못한 일 사이를 방황하며 스스로 수많은 질문을 던졌다. 하지만 곱씹어봐도 명쾌한 답은 알 수 없었다. 누군가 내 미래를 보여준다면 얼마나 좋을까, 하는 비현실적인 공상마저 들었다. 시간이 지나면 성과의 점수를 알 수 있지만, 모든 것이 0으로 시작되는 이 순간은 흰색 물감을 덧칠한 것처럼 막막하고 흐리기만 했다.

상가 귀퉁이에 '타로'라는 간판이 눈에 들어왔다. 요상한 카드를 뒤집으며 점을 본다는 세계. 생긴 지 한참이 지났어도 한 번도 그 간판이 눈에 들어오지 않았다. 간절한 순간 눈에 보인다더니 그 글자 두 개가 어느 날 마음을 잡아끌었다. '여기로 와 봐. 어쩌면 네가 원하는 답이 여기에 있을지도 몰라.' 며칠을 고민한 끝에 가게 문을 열었다.

'짤랑' 하고 문에 달린 풍경이 소리를 낼 때 오히려 불안감이 밀려왔다. 지금 하는 일이 내게 맞지 않는다면 어떡하지? 이만큼 달려 온 내게 부정의 말이 오간다면 어떻게 감당해야 할까 걱정되기 시작했다. 이 가게 문을 열어젖힌 목적은 오직 하나, "이 일이 당신과 잘 맞다"는 긍정의 확답, 딱 그거 하나 듣고 싶었다. 아마도 그래 준다면 나는 이 집 용하다며 소문을 낼지도 모를 일. 어쨌거나 나는 간절하게 그 한마디를 듣고 싶었다.

번갯불이 번쩍이는 핑크빛 무드 등이 신비로운 분위기를 자아냈다. 아마도 주인장이 검은 망토를 걸치고 나와야 할 것 같은 분위기였다. 한 번도 경험해 보지 못한 낯선 분위기에서 몸은 계속 긴장 모드였다.

타로 주인장은 순서 없이 나오는 내 이야기를 듣고 신비한 종소리를 내며 카드를 뽑으라고 했다. 종이처럼 긴장된 몸으로 몇 장을 뽑아들자 현란한 테크닉의 손이 카드를 펼쳐 보였다. 신화적 이미지를 품은 알폰스 무하 스타일의 그림이 쫙 펼쳐졌다. 잠깐의 정적이 흐른 후, 카드를 분석한 주인장이 내게 말했다. 나는 한마디도 놓치지 않으려 귀를 쫑긋 세웠다.

"지금 하고 있는 일, 본인하고 잘 맞네요."

그 한마디에 빳빳하게 굳었던 어깨가 단번에 풀렸다. 뒤이어 다른 말들이 줄지어 나왔지만 내 마음은 이미 첫 문장에서 만족도 120%였다. 미신에 너무 의존하는 건 아닐까 싶다가도, 때로는 누군가의 그 확신 어린 한마디가 위태로운 마음을 지탱하는 지팡이가 되어준다. 길이 아닌 일에 몸을 사리기보다 나와 맞는 일에 온 몸을 부서 넣어도 좋다는 희망찬 결론을 내렸다. 힘든 순간이 찾아와도 더 이상 힘들 것 같지 않았다. 화장실 들어갈 때와 나올 때 다르다더니 타로 문을 열 때와 닫을 때 이렇게 기분이 다르구나. 실실 웃음이 새어 나왔다. 의미를 알 수 없는 무하 스타일의 카드 그림을 떠올려 보며 나는 그 주변 가게에서 맛있는 과일 한 바구니를 샀다. 앞으로 마주할 힘든 시간도 결국 달콤한 결실이 될 것이라며 나에게 선물했다.

〈지스몽다〉 1894년,
216 × 74.2, 채색 석판화

〈알폰스 무하〉 황도 12궁,
1896년, 종이에 채색 석판

〈사라 베르나르〉

〈알폰스 무하〉 슬라브족의 고향, 1912년도,
캔버스에 템페라 및 유채, 8.1×6.1m, 체코 프라하 시립 미술관

보이지 않는 세계를 느끼게 해 준 화가

바실리 칸딘스키

 전시장을 돌다 난해한 그림 앞에서 멈칫할 때가 있다. 작품과 나 사이의 거리가 너무 멀어 망원경이라도 들이대야 할 것만 같은 기분. 작가의 의도를 온전히 읽어내지 못하는 나를 보며 '감상자로서 자질이 부족한 건 아닐까' 자책하기도 하고, 때로는 직업적 정체성마저 흔들려 더 많은 지식을 채워야 한다며 스스로를 채찍질하곤 했다.

 하지만 시간이 흐르고 수많은 작품을 마주하며 깨달은 것이 있다. 감상이란 작가의 의도를 정답처럼 맞히는 것이 아니라, 내가 그림에서 느끼는 찰나의 감정 그 자체라는 사실이다. 누군가는 마크 로스코의 작품 앞에서 눈물이 난다는 사람도 있고, "텅 빈 색덩어리"라며 허무함을 느끼는 사람도 있다. 이처럼 극명하게 갈리는 반응 중에서도 틀린 것은 없다. 그저 각자의 개별적인 감정일 뿐이다. 마치 옷 취향처럼, 저것도 옷인가 싶을 만큼 내 취향을 벗어난 옷도 누구에게는 가장 예쁜 옷일 때가 있지 않은가.

그림을 그리다 보면 나 역시 자주 방지턱을 마주한다. 사물 하나하나의 묘사에 몰입하다 전체적인 분위기를 놓치기도 하고, 큰 틀에 맞추려다 각각의 개성 있는 느낌을 살리지 못할 때도 있다. 이런 난관에 부딪힐 때마다 '나는 과연 제대로 그리고 있는가' 아니면 '재능이 부족한가'라며 느린 속도로 되돌아본다. 마음먹은 형태가 잘 나오지 않을 때는 기술적인 부족함을 탓하다가도, 한편으로는 질문이 생긴다. '꼭 형태를 똑같이 나타내어야만 하는 것인가?' 형(形)과 무형(無形)은 결국 스타일의 차이다. 작가의 철학과 욕구를 어떠한 방식으로 드러낼 것인가에 대한 선택의 문제다.

대상을 구체적으로 재현한 그림은 우리에게 안도감을 준다. 눈에 익숙하기 때문이다. 그러나 그림에 영적인 요소를 담고자 한다면 굳이 형태에 얽매일 필요가 없다. 마음, 정신, 심연, 감정 같은 단어들은 정형화된 틀보다 자유로운 '비형상'의 이미지와 더 잘 어우러진다. 심오하고 독창적인 세계를 표현하려면 정해진 형태를 부수고 갇힌 틀에서 벗어나야 한다. '지금 이 순간의 감정'을 그리는데 어떻게 사람마다 결과물이 같을 수 있겠는가. 색 선정부터 달라진다. 그것이 바로 추상이 가진 무한대의 가능성이다.

그러니 '~같기도 하고 ~같기도 한' 모호한 그림들을 억지로 해설하려고 애쓰지 말자. 가사를 몰라도 멜로디와 박자만으로 감동을 주는 음악처럼, 눈에 보이는 시각적 요소를 천천히 훑어보는 것만으로도 마음속에 작은 울림이 일렁일 것이다. 여기에 창작자의 노고까지 헤아릴 수 있다면 금상첨화다. 전시장에서 보내는 시간은 결코 낭비가 아니다. 작품과의 대화에서 끌어올리는 내면의 소통에는 정답도 오답도 없기 때문이다.

칸딘스키를 수식하는 말은 '최초의 추상화가'다. 그는 왜 남들처럼 사물을 똑같이 그리지 않고 형체 없는 세계를 그렸을까? 화려한 색채와 역동적인 선. 기하학적인 요소가 어우러진 그의 작품을 보고 있으면 정신세계가 자못 궁금해진다. 실제로 『예술에 있어 정신적인 것에 관하여』라는 책을 썼을 만큼, 그는 영적인 세계를 깊게 탐구했다.

1866년 그는 러시아 모스크바에서 차(茶) 판매업자 아버지를 둔 부유한 상인의 아들로 태어났다. 그의 부모님은 아들이 어릴 때부터 음악과 미술을 접할 수 있게 도움을 주었다. 음악가나 화가를 바라는 것이 아니라 단순히 정서 함양을 위한 성장 교육의 하나였다. 훗날 유년의 이런 기억들이 화가로서 지대한 영향을 주었음을 알게 된다.

예능뿐만 아니라 스마트한 두뇌로 스무 살에 모스크바 대학에 들어가 법학과 경제학을 공부했다. 법률 시험에 합격하고 27살 때는 대학교 부교수가 되기도 했다. 남부럽지 않은 탄탄대로의 삶 속에서도 마음 한편 어릴 적 꿈이 자라고 있었던 걸까. 이곳저곳 여행을 다니며 견문을 넓히던 그는 여행길에서 자신의 예술적 감각을 알아차리곤 했다. 눈에 들어오는 모든 색감이 유년의 향수를 불러일으키며 미술적 자극을 주었다.

그러던 중 모스크바에서 열린 프랑스 인상주의 전시회를 보러 갔다. 이 전시회가 칸딘스키의 마음을 단단히 얼어붙게 만들었다. 아니 갈망하던 일의 불씨가 되었다. 그는 모네의 작품 앞에서 떨어질 줄 몰랐다. 이제껏 보아왔던 그림과는 판이한, 형태보다 빛과 색채만 남은 모네의 건초더미는 경이로움 그 자체였다. 구체적인 재현 없이 색채만으로도 이렇게 회화가 될 수 있음을. 그날 그가 마주했던 그림 하나는, 머릿속에 단단히 잡혀 있던 고정관념을 도끼로 내리치는 듯한 충격을 안겼다. 충격은 결심을 하게 만든다. 그는 그림을 제대로 공부해 보리라 마음먹고 서른이라는 늦은 나이에 본격적으로 사립예술학교에 등록해 그림의 기초를 쌓아갔다. 바쁜 와중에도 여러 지역을 여행하며 피카소, 마티스 등의 작품을 두루 접하게 된다. 야수파와의 접선으로 인해 내면의 감정을 색으로 표현할 수 있는 추상 회화로의 시동을 걸게 되었다.

칸딘스키에게 모네의 그림이 인생의 전환점이 되었다면 자신의 색채가 뚜렷해지는 계기의 사건이 하나 발생하게 되는데….

밖에서 야외 스케치를 하고 작업실로 돌아온 그는 그림 하나를 보고 너무나 아름다운 작품이라며 감탄하게 된다. 한참 그림 감상을 하다 정신을 차리고 보니 자신의 그림이 옆으로 누워 있었던 것임을 알았다. 방향이 돌려진 그 그림을 보며 무릎을 쳤다. 그림에 꼭 형태를 나타내야만 하는 게 아니라는 것을. 그날 그는 추상 작품의 신호탄을 올렸다.

음악을 좋아하는 그가 음악을 미술로 가져오는 발상을 했다. 음악으로 받은 감동을 점, 선, 색채로 표현했다. 음악을 통과한 내적 감정과 행위가 캔버스에 쏟아져 나올 때면 기하학적 구성과 음악적 리듬이 화려한 색채를 타고 태어났다. 그는 단순히 보는 그림이 아닌 들을 수 있는 그림을 그렸다. 음악과 미술을 넘나드는 자유로운 상상력이 범인(凡人)을 넘어 위인(偉人)다웠다.

칸딘스키는 1922년 독일 바우하우스[3]에서 학생들을 가르쳤다. 1933년 나치의 탄압으로 바우하우스가 강제로 폐쇄될 때까지 11년 동안 교수로 지내며 학생들에게 창의력을 강조했다. 그러나 평단으로부터는 난해한 작품이라며 '퇴폐 예술가'로 낙인 찍히기도 했다. 현실은 몇 걸음 앞서는 자를 부드럽게 바라보지 못하는 법이다. 1944년 그의 나이 78세. 나치가 지배하던 세상이 막을 내리는 것도 보지 못한 채 조용히 눈을 감았다.

법조인의 삶을 뒤로하고 예술의 세계로 급회항했던 강단 있는 예술가 칸딘스키. 어떤 것이 성공한 인생인지는 자신만이 내리는 결론이다. 사람마다 행복의 조건이 다르듯, 칸딘스키 또한 세속의 행복을 내려놓고 자신만의 지도를 만드는 일이 가치 있는 길이라는 것을 알았을까.

그가 끌어들인 추상 세계가 시발점이 되어 지금 현대미술은 더 확장되고 풍성해졌다. 모두가 당신 덕이다

"예술의 진정한 아름다움은 보이지 않는 세계를 눈앞에 드러내는 것이다." (칸딘스키)

---

[3] 바우하우스: 1919년 건축가 그로피우스를 중심으로 독일 바이마르에 설립된 국립조형학교. 공업 기술과 예술의 통합을 목표로 하여 현대 건축, 디자인에 큰 영향을 끼쳤으나 1933년 나치스의 탄압으로 폐쇄되었다.

〈바실리 칸딘스키〉 심연 속으로, 1923년,
캔버스에 유채,, 59.5×53.5, 프랑스 파리 퐁피두 센터

〈바실리 칸딘스키〉 화이트 위에서, 1923년,
캔버스에 유채, 105.1×98.4, 프랑스 파리 퐁피두 센터

사랑과 추억으로 얻은 힘

마르크 샤갈

　인생의 후반기에 접어들수록 삶을 지탱하는 연료는 다름 아닌 '추억'이라는 생각이 든다. 생활에 치여 들여다보지 않았던 아련한 기억이 문득 가슴을 뚫고 나올 때가 있다. 아스라이 그리운 친구가 생각나기도 하고, 흙 밟으며 자라던 불순물 없는 기억이 떠올라 나도 모르게 배시시 맑은 웃음을 짓곤 한다. 서정적인 기억들은 까먹지도 않고 왜 잔잔하게 남아있는 걸까. 추억은 내가 체험한 일들이 진공 포장되어 꿈속에 진열되어 있다. 버거웠던 삶의 무게가 빠지고, 그 빈자리에 여유가 스며들 때면 달큰한 향기와 함께 달려온다. 퍽퍽한 삶에서 잠시 숨 고르기를 하라고 기억의 저장고가 회상의 상자를 내밀어 주는 것 같다.

　젊음이 충만할 때는 잠시 밀려났다가 손가락 사이로 존재들이 하나둘 빠져나갈 때면 지나온 삶을 더듬어 빈 가슴을 채우는 일이 후반기의 일상이 되었다. 추억은 재생, 회상만 해도 행복하다. 좋은 경험은 현재의 다치고 아픈 마음까지도 치유해 준다. 더불어 과거 속의 나는 현재의 고행 덕분에 곱게 감싸여진다.

힘들고 아픈 기억조차 그리움으로 다가올 때가 있지 않는가.

  바닷가에서 자라났다. 고깃배가 아침을 맞이하는 곳, 파도가 살아있는 길을 자주 걸어 다녔다. 방파제로 넘어오는 비릿한 냄새가 당연한 일상의 향기로 코에 저장되었고, 자주 머리카락을 헤집는 강바람과도 친했다. 그날그날 바다가 품는 온기의 색이 다르다는 것도, 겹쳐진 바위 속은 자갈치 시장만큼 바쁜 생물체가 복작인다는 것도. 바다 태생인만 알 수 있는 비밀 같은 추억들을 안고 있다. 처음 가는 다른 바다를 지나갈 때도 고향 바다처럼 포근해진다. 내 마음 밑바닥에는 소금 냄새 머금은 화석이 깔려 있다. 글을 끼적일 때도, 그림을 그릴 때도 바다 얘기를 담은 파란 소재들이 한 번쯤 스쳐 지나간다. 더듬어 보니 추억에 들어 있는 모든 기억이 내 정서적 자산이다. 과거를 살아보지 않은 이는 없다. 각자가 지나온 길목에 추억으로 덮여 있던 것들은 그 자체로 아름다움이다.

  기억 속에 존재하는 모든 형상이 각자의 시간 속에서 더 빛난다. 시간의 담요를 두르고 가슴에서 숙성되었다면 더 맛있는 삶이 만들어진다. 그렇다면 지금 현재도 추억의 재료를 담는 중이다. 오늘은 미래의 과거가 될 것이기에.

"삶은 아무리 어두워도 예술은 마음속 빛을 잃지 않아야
한다." (마르크 샤갈)

삶이 어둡다고 표현한 그의 말속에 순탄하지 않는 인생이 비
쳐진다. 사람은 태어난 순간부터 저마다의 인생이 펼쳐지는데
인생을 표현하는 화가의 방식 또한 저마다 고유한 특색이 있다.
자신의 고통을 직접적으로 화폭에 드러내 섬뜩한 느낌을 주는
화가가 있는가 하면 고통을 은유적으로 표현하고 승화시켜 표
현하는 화가도 있다. 샤갈은 자신의 아픔을 적나라하게 드러내
지 않았다. 차분하고 밝은 색채로 어둠을 덮고 추억과 사랑으
로 이미지를 형상화했다. 마음속에 쌓여 있는 고향에 대한 그
리움과 여인에 대한 사랑을 현실적 눈이 아닌 마음으로 이상화
시켰다. 중력을 거스르는 상상 속의 사람과 동물, 눈을 감고 바
라보는 듯 몽환적 형태가 샤갈의 그림 특징이다.

1887년 러시아 비테프스크라는 작은 마을에서 샤갈이 태어
났다. 아홉 남매 중 장남이었는데 아버지는 청어를 유통하는
상인이었고 어머니는 야채장수였다. 동유럽 유대인 출신인 그
는 러시아 속에서도 불편한 신분으로 살았다. 러시아 예술의
중심지인 상트페테르부르크에 가서 그림을 배우게 될 때도 반
유대인주의자들에 의해 차별과 압박을 받았다. 마음이 힘들

때, 그는 고향마을을 그리워하며 유대인과 랍비들을 그리며 차츰 위로를 얻었다.

그곳에서 운명의 여인 벨라를 만나게 된다. 미술계의 로맨티스트로 알려진 샤갈은 벨라를 보자마자 그녀와 사랑에 빠진다. 귀티 나는 얼굴의 부유한 집안의 15세 소녀 벨라. 스무 살 청년 마르크 샤갈에게 그녀는 둘도 없는 사람이 되었다.

샤갈이 23세가 되었을 때, 예술적 재능을 알아본 후원자로 인해 파리로 날아가게 되었다. 사랑하는 벨라가 동행하지 못한 아쉬움이 컸지만 화가로 성장해 그녀 앞에 나타날 것을 다짐했다. 파리는 마네, 고흐, 마티스와 같은 개성 충만의 화가들이 주변에 널려있어 훌륭한 자극제가 되었다. 예술의 파라다이스 같은 곳에서 샤갈도 자신의 예술세계를 펼쳐 나갔다. 러시아풍의 색채가 짙은 샤갈의 그림은 그곳에서 주목 받았고, '앙데팡당 전'에 작품을 전시해 대중의 호평을 받았으며 그 성과를 안고 1914년 당당하게 고향으로 돌아왔다.

벨라와 재회한 샤갈은 이듬해 결혼식을 올린다. 보석상을 세 곳이나 운영하던 부유한 집안인 벨라의 부모님은 가난한 집안의 화가인 샤갈을 쏙 맘에 들어 하지 않았다. 운명은 갈라놓을 수 없는 법, 보자마자 운명이라고 여긴 둘 아닌가. 샤갈의 나이 28세일 때 그제야 한집에서 살게 된다.

1차 세계대전이 일어나면서 분위기가 암울해졌다. 레닌 정권 때 미술학교 교장으로 임명되는 등 안정적인 위치였으나 스탈린 정권으로 교체되면서 샤갈은 모든 것을 내려놓고 파리로 떠났다. 파리에서 나치 정권의 수장인 히틀러가 등장해 유대인을 몰살하려는 계획이 번졌다. 아우슈비츠 수용소에 가두고 학살하는 불안한 현실에서 히틀러가 샤갈을 콕 짚어 제거해야 할 명단에 올렸다. 나치에 잡혀가 죽을 뻔한 이후로 샤갈 부부는 다시 미국으로 떠났다.

이리저리 떠돌며 불안한 현실에서도 샤갈은 인생의 우울과 고난만을 그리진 않았다. 삶이 아무리 힘들어도 마음속 빛을 잃지 않아야 한다는 자신의 말처럼 희망적인 그림을 그렸다. 삶에 긍정인 그였기에 가능했다.

시간이 지나자 하늘은 그에게 가장 소중한 것을 뺏어갔다. 1944년 벨라가 바이러스성 감염에 의해 갑자기 저세상으로 떠나게 되었다. 그림의 영감이 되고 정신적 지주가 되었던 사랑하는 아내가 사라짐이란….

그는 무너졌다. 붓도 꺾고 그림조차 돌아보지 않았다. 사랑하는 이를 잃은 상실이 너무나 컸기에 그 어둠이 9개월 동안 이어졌다. 그러다 또 한 사람의 소중한 딸 '이다'가 조용히 아버지를 달랬다. 생전에 일기처럼 써둔 엄마의 글을 모아 회고록을 만들

테니 그에 맞는 삽화를 그려 달라고 했다. 샤갈은 마음속에 저장해 둔 아내와의 추억을 꺼내며 조금씩 마음을 열고 상심을 이겨냈다. 삽화를 계기로 캔버스에 벨라와의 지난 시간을 더욱 활발하게 펼쳐냈다. 그 시간 동안 샤갈은 추억으로 버텨 냈다.

로맨티스트라면 한 사람을 끝까지 사랑해야 할 것 같지만 시간은 흐르고 흘러 샤갈은 '바바'라는 여인과 재혼하게 된다. 딸이다가 앞장서서 두 사람을 연결해 주었다. 샤갈은 그녀를 두 번째 모델로 삼으며 그녀와의 사랑 또한 화폭에 담았다. 벨라 이후 남은 인생 동안 예술적 영감을 준 조력자였다.

평생, 사랑이 주는 다채로운 감정을 붓으로 표현해 냈다. 그는 75년의 예술 인생 동안 만여 점의 작품을 남겼으며, 그중 사랑을 주제로 한 그림이 많은 비중을 차지한다. 98세로 생을 마감할 때까지 붓을 놓지 않았던 그에게, 사랑은 삶을 채우는 동력이자 생을 버텨내는 용기 그 자체였다.

> "우리네 인생에는 삶과 예술의 의미를 부여하는 예술가의
> 팔레트와 같은 하나의 색이 있다. 그것은 바로 사랑의 색이다."
> (마르크 샤갈)

샤갈은 눈에 보이는 풍경보다 고향 비테프스크를 배경으로 한 회상의 풍경도 많이 그렸다. 어린 시절에 대한 기억을 화폭 곳곳에 놓으며 몽상적, 환상적인 스타일을 추구했다. 동화적인 요소를 더해 유년 시절의 기억을 붙잡고 싶었던 것이다. 사랑과 슬픔이 뒤섞여 마치 시 한 편을 보는 것 같다. 현실적인 시각을 뺀 색감 또한 그의 특징이다. 현실의 고단함 속에서도 내면만은 순수한 아이의 시선을 유지하며 긍정의 힘을 길어 올렸기에, 그의 그림 속 추억은 이토록 강인하고 따뜻하다.

사랑과 추억. 샤갈은 두 단어의 힘으로 살았다. 당신에게도 지탱할 수 있는 어떤 단어가 있는가?

너무 앞서가서 힘들어

마르셀 뒤샹

"예술은 사기다"라고 백남준은 말했다. 예술은 반이 사기이며, 서로 속고 속이는 것이라고. 사기 중에서도 고등 사기. 이 말 속에는 대중을 놀라게 하고 얼떨떨하게 만드는 것이 곧 예술이라는 뜻이 담겨있다. 뒤샹은 남성용 소변기를 작품이라 외치고, 외발자전거를 의자에 꽂아놓는 '이상한' 미술 작품을 선보였다. 그뿐만 아니라 스스로 여장을 하고 "에로즈 셀라비"라는 이름으로 변신해 인간의 양성성을 보여주는 부캐 놀이를 시도하기도 했다.

난해하고 난삽한 그의 회화개념은 너무나도 시대를 앞서갔지만, 다행히 후대는 그를 적정 위치에 올려놓고 '현대미술의 아버지'라 불렀다. 이단아와 반항아를 넘어 사기꾼으로 통하기도 했던 그의 삶은 도대체 어떤 모습이었을까.

뒤샹은 머리가 아주 뛰어났다. 수학경시대회에서 1등을 한 경력도 있다. 그의 두 형 또한 머리가 명석한 수재 집안이었다. 그는 똑똑한 형들과 체스 놀이를 하며 깊은 사고력과 통찰력을 다져 나갔다. 할아버지가 자수성가한 뒤 말년에 예술가의 길로 들어섰는데, 이를 본 형들과 함께 뒤샹도 자연스럽게 그림에 파고들었다.

1904년 예술의 중심지 파리로 올라와 그림을 시작했다. 처음에는 모네의 화풍과 비슷한 인상주의 그림을 그렸다. 18세 때 마티스의 작품을 접하고 야수파에 매료되었으며 서서히 입체주의 화풍으로 관심을 옮겨 그곳에 뿌리를 두게 된다. 1912년 〈계단을 내려오는 나체2〉를 제작하여 한 입체파 전시회에 출품했으나 전시를 거부당한다. 이 전시는 보수적이고 아카데믹한 '살롱전'에 대항해 젊은 예술가들이 자체적으로 연 '살롱 데 쟁데팡당 전'이었다. 뒤샹의 작품은 소위 '반보수파'라던 입체주의자들조차 질투하게 했다. 멈춰 있는 대상을 다시점으로 재현한 것도 놀라운데 한 차원 높은 움직임의 대상을 특유의 방법으로 표현했다는 사실이 입체주의 화가들에겐 몹시 불편했다. 이에 뒤샹은 격분했다. 기존의 관념을 뒤엎는다는 아방가르드 미술 안에서도 폐쇄적이고 고정관념이 녹아 있음을 알아차리고, 현 미술의 모순을 날카롭게 지적했다.

그는 잠시 주춤했다. 예술계가 생각보다 보수적이었음을. 그림에 뛰어난 재능이 있고 작품에 기대가 컸던 그에게 그 사건은 깊은 상처가 되었다. 그는 예술의 진행형을 잠시 내려놓고 도서 관 사서로 일하며 잠시 숨을 고르는 시간을 가졌다. 뒤샹의 생 애 중 이때가 인생의 전환점이라 할 수 있다. 자신의 소망과는 판이한 현실의 배신을 겪는 동안, 그는 철학과 과학 서적을 탐 독했다. 그러다 우연히 프랑스 수학자 앙리 푸앵카레의 이론에 크게 동요하며 자신이 추구하고자 하는 예술에 이를 접목하게 된다. 그리고 그의 생각은 더욱 완고해진다.

> "사물 자체가 과학이 아니라, 사물 사이의 관계를 통해서만
> 우리는 과학에 도달할 수 있다. 이와 같은 관계 외에는 인식할
> 수 있는 실제라는 것은 존재하지 않는다." (마르셀 뒤샹)

뒤샹은 사물이나 작품 그 자체가 아니라, 작품을 통해 생겨나 는 '관계'만이 예술의 본질이 될 수 있으며 작품을 둘러싼 '해석' 이 바로 예술이라 여겼다. 그는 무한히 생각했다. 그리고 다시 예술을 시작했다. 그는 한층 더 업그레이드된 의식으로 무장했 다. 시공간에 대한 관심을 바탕으로 미술은 고정된 것이 아니라 '움직임'을 주는 예술작품이라 정의하며, 이는 훗날 케네딕아트[4] 의 발판이 되었다.

---

[4] 케네딕아트: 작품이 움직이거나 움직이는 부분을 넣은 예술작품

그쯤이었다. 뒤샹은 예술계에서 한 획을 긋는 충격적인 행동을 하게 된다. 입점비만 내면 누구나 참석할 수 있는 전시장에 남성용 소변기를 들고 간 것이다. 그것을 거꾸로 뒤집고 'R. Mutt'라는 서명을 했다. 그리고 명제표에는 〈샘〉이라 적었다. 작품들 사이에 놓인 소변기를 보고 사람들은 기겁했다. 아마도 작품을 잘못 가져온 게 아닐까 싶어 전시 관계자들은 보이지 않는 곳으로 치워버렸다. 뒤샹은 이미 그럴 것이라 예상하고 조커의 미소를 띠며 관전했을 것이다. 마치 체스 게임에서 한 수를 더 보는 눈이 현실에도 있었던 걸까. 그는 이 모든 상황을 맹렬히 꼬집으며 말했다.

"작품의 권위를 만들어 내는 건 미술관이나 평론가가 아니라 작가와 관객의 자유로운 해석이다." 〈샘〉은 이미 만들어진 기성 제품에 작가가 자유롭게 의미를 부여하는 것이다. 작품이 꼭 의미를 두어야만 하는 것은 아니다. 새로운 환경에서 그 역할이 소실되고 새로운 곳에서 재창조되는 것, 딱 그거면 된다. '무엇이 예술을 예술로 만드는가?'라는 예술의 정의를 완전히 흔들어 놓은 그 당돌함 덕분에 세상에 '레디메이드[5]'라는 새로운 형식의 예술이 탄생했다.

---

[5] 레디메이드: 일상적 기성품을 새로운 맥락에서 예술로 제시하는 장르

뒤샹은 그 이후에도 도발적인 작품으로 당돌한 예술철학을 보여주었다. 레오나르도 다빈치의 모나리자에 콧수염을 그리기도 하고, 스스로 여장을 한 채 '로즈 셀라비'라는 이름으로 활동하며 성의 이중성을 보여주었다.

시대의 반항아, 이단아로 끝낼 수 있는 어느 작가일 수도 있지만 뒤샹의 행보를 높이 추켜세우는 데에는 이런 이유에서다. 1910~1920년대는 기존의 권위가 재편되고 새로운 계급이 형성되던 시기였다. 비슷한 그림, 고만고만한 미술에 대중은 질렸다. 혜성처럼 나타나 식상한 예술계를 뒤엎고 참신한 주체성을 표현하는 그에게 사람들이 포커스를 맞췄다.

어디로 튈지 모르는 공. 돌연 미국에서 파리로 돌아와 예술 활동에 쉼표를 찍었다. 그는 체스 기사로 활동해 국가대표까지 올랐다. 어쩌면 예술계에서 염증을 느낀 것일까. 사람들은 의아해했다. 25년 동안 예술계를 밀어냈던 그가 죽기 전까지 20년 동안 골몰한 작품이 그의 작업실에서 나왔을 때 사람들은 또 한 번 놀랐다. 역시 가는 날까지도 참신하고 조용한 작업이 아니었다. 〈에탕 도네〉는 전시관의 그냥 문이다. 하지만 유난히 손때가 탄 구멍 하나를 유심히 들여다보면 관객을 음침한 목격자이자 관음증의 한 사람으로 만들어 버린다. 그러니까 뒤샹은 무언가를 엿보게 되는 사람의 심리를 이용해 우아한 관객의 위치를 바꾸어 버린다.

그는 늘 새로움을 넘어 상상할 수 없는 기발함으로 관람자를
당황하게 했다. 참신함에 박수를 보내기보다 섬뜩한 생각들이
마치 사기꾼의 수법처럼 느껴졌다. 평범한 사람들의 의식을 너
무 앞서서 시대적 범죄자로밖에 볼 수 없는 남자, 그는 난해한
현대미술의 기초를 활짝 열어준 사람이다. 피에로 만초니는 자
신의 똥을 통조림에 넣고 '예술가의 똥'이라 칭하며 30g당 금 가
격과 맞먹는 값에 내놓았다. 그러니까 예술가의 똥 가치는 금
가치와 똑같다는 뜻인데, 지금은 상상할 수 없는 가격을 유지한
다. 또는 바나나 한 개를 수억 원에 내놓고 그것을 그 자리에서
먹어치우는 예술가도 있다. 평범한 사람의 의식으로는 이해하기
꽤 어려운 예술의 길을 열어준 사람이 뒤샹이다. 예술의 자유로
움, 예술의 변화라는 의미에서 뒤샹은 그의 후예들이 열어갈 문
을 먼저 열어젖힌 사람이다. 결과물보다는 예술가의 아이디어를
중시하는 개념미술의 창시자로서 뒤샹이 깔아둔 미술 터전은
참으로 넓고 방대하다.

타인을 속여 경제적 이득을 취하려는 게 아니라, 기존에 없던
새로움으로 사람들을 놀라게 하고 감동하게 한다는 점에서 예
술은 사기와 같다. 우리 사회에서 사기는 부정어이지만 예술에

서는 '참신함'이다. 하지만 그도 총명한 머리를 가지고 너무 앞서 나간 생각의 파편이 컸다.

"나에게 어려운 점은 지금 즉시 이 시대의 대중을 만족시키는 것이다. 차라리 나는 내가 죽은 후 50년 혹은 100년 후의 대중을 기다리고 싶다."

"이제 회화는 망했다"며 저 프로펠러보다 멋진 걸 누가 만들어 낼 수 있겠냐고 친구인 브랑쿠시에게 말하는 순간, 현대미술은 입체적인 날개를 달았다. 손으로 그리는 미술에서 머리로 보여주는 미술로 탈바꿈하는 시간 동안, 그는 75년의 세월을 대중과 논쟁했다. 권위에 도발하고 시공간을 넘나들며 관계와 개념을 사유했던 천재적 작가. 아마도 그는 자신의 삶 자체가 전시장에 있어야 할 가장 독특한 예술 작품일 것이다.

〈마르셀 뒤샹〉
계단을 내려오는 나체2,
1912년, 캔버스에 유채,
147.3×88.9, 필라델피아 미술관

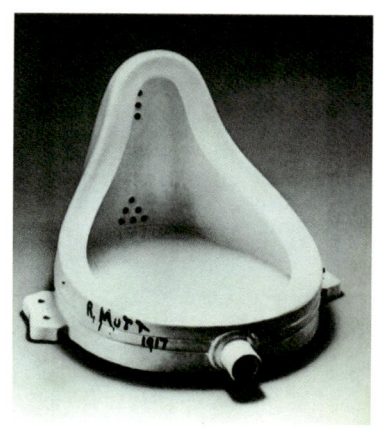

〈마르셀 뒤샹〉 샘, 1917년

　캔버스에서 얻은 삶의 공식

당신 안에 물음표가 있나요?

르네 마그리트

요즘 다양한 매체에서 자주 접하는 말이 있다. 바로 '가슴에 질문 하나쯤 품고 살아야 한다'는 것이다. 자기 내면을 가꾸고 성장의 밑거름을 만드는 조건이기도 하지만 질문에 대한 답을 찾아가는 과정 자체가 내가 살아있음을, 그리고 생각하는 존재임을 증명하기 때문이다. 단순히 숨을 쉰다고 살아있는 것일까? 질문을 좇는 여정 속에서 우리는 더 많은 것을 경험하며 삶의 밀도를 채워간다.

우리는 매일 스스로에게 어떤 질문을 던지고 있는가? 그 과정이 자연스럽게 이루어지고 있는지 되짚어 볼 일이다. 바쁘다는 핑계로 자아 성찰의 여유조차 잃은 채, 그저 단조로운 일상을 관성적으로 살아가고 있지는 않은가.

나에게 던지는 질문은 곧 내면과의 대화다. 때로는 스스로를 들여다보며 설득하기도 하고, 격렬한 찬반 토론을 벌이기도 한다. 상황을 냉철하게 분석하는 비평가가 되어야 할 때도 있고, 마음의 돌려놓는 노련한 판매원처럼 언어의 달인이 되어야 할 때도 있다. 시선을 내면으로 돌린다는 것은 주관적인 나를 객관적인 위치에 두는 일이다. 정답이 아닌 해답을 찾아 생각을 굴려보는 과정은 고단할 수 있으나, 그 수고로움이 우리를 비로소 '사고하는 인간', '철학적 인간'으로 만든다. 이러한 자기 대화는 거칠고 억센 삶을 부드럽게 매만져 주는 보이지 않는 트리트먼트와 같다. 그 끝에 배어 나오는 은은한 향기는 덤이다.

전시장을 걷다 익숙한 그림 앞에서 문득 낯선 감정을 느낄 때가 있다. 그것은 내가 그림에게 질문을 던지는 순간이다. '뭐지? 왜 이렇게 그려진 걸까? 왜 이런 마티에르를 만든 거지? 주제를 부각시키기 위해 왜 이런 색을 쓴 걸까?' 사실 작가의 의도는 그리 중요하지 않다. 만드는 사람의 의도는 과정에 따라 변할 수 있고, 작품의 완성은 결국 감상자의 몫이기 때문이다. 제작자의 수많은 고민보다 관람자가 느끼는 직관적인 감정이 더 중요할 수 있다. 그런 의미에서 전시장은 이미 객관적인 시선을 위한 공간이다.

수많은 작품에서 우리는 당혹감을 느끼기도 하고, 이유 모를 이끌림에 사로잡히기도 한다. 갓 그려진 신선한 그림을 마주하며 생경함과 익숙함 사이를 오갈 때, 그리고 마음속 대화를 풍성하게 이어갈 때 우리는 비로소 작품을 제대로 감상하고 있는 것이다. 이는 그림뿐만 아니라 우리가 몸담은 현실을 대할 때도 마찬가지다. 궁금증이 생기는 지점을 놓치지 않고 내가 이해할 수 있는 언어로 치환하기 위해 수많은 '왜'를 던져야 한다. 우리는 슈퍼맨 슈트의 'S'가 아닌 '왜'라는 단어를 가슴에 달고 마음의 세계를 날아야 한다. 평면적인 생각을 입체적인 의식으로 전환하기 위해서 말이다.

마그리트는 1898년 벨기에 에노주 레신에서 태어났다. 양복 재단사인 아버지와 모자 상인인 어머니 사이에서 장남으로 태어난 그는, 비교적 넉넉한 환경에서 그림으로 순항하는 화가 중의 한 사람이 된다. 그러나 그에게도 깊은 트라우마가 있었다. 마그리트가 14살이 되던 해, 만성적인 정신병을 앓던 어머니가 강물에 투신하여 스스로 생을 마감한 것이다. 어린 마그리트는 어머니의 시신을 수습하는 과정을 지켜보았는데, 얼굴이 드레스 자락에 덮인 채 끌려 나오는 어머니의 마지막 모습이 그에게 커다란 충격이었다.

정서적으로 가장 예민한 시기에 겪은 어머니의 부재는 아이의 인성에 부정적인 영향을 끼칠 수도 있었다. 다행히 그 빈자리를 아버지가 깊은 사랑으로 채워주었다. 아버지는 화가로서의 재능을 보이는 마그리트에게 아낌없는 물적 지원과 지지를 보내주었다. 결국 아버지의 무한한 사랑 덕분에 마그리트는 어린 시절의 상처를 극복하고 정서적으로 안정된 성인으로 성장할 수 있었다. 마그리트는 실제로 다정다감한 성격이었으며, 사람들과 잘 어울리는 사회성 높은 예술가로 성장했다. 다행히 그는 어릴 적 상처에 함몰되지 않고 이를 예술적 동력으로 승화시킨 화가가 되었다.

1916년, 마그리트는 브뤼셀의 왕립 미술아카데미에 입학하여 본격적으로 회화적 기법을 익혔다. 미술학교를 졸업하고 벽지회사 디자이너로 일하며 포스터와 광고 디자인 등 상업 미술 분야에서 경력을 쌓았다. 상업 디자이너로서 경험이 마그리트만의 초현실주의의 기초를 탄탄히 만들어준 셈이다. 그의 작품에서 엿보이는 질서와 단순함, 그리고 차이와 반복이 만들어 내는 아름다움이 이 시기 경험에서 비롯되었다. 1936년경부터 마그리트는 특유의 화법인 '고립된 물체의 불가사의한 이미지'를 통해 독창적인 세계를 구축하기 시작했다.

마그리트 스타일을 찬찬히 훑어보자. 그의 그림 앞에 서면 관람객은 가장 먼저 낯설고 비현실적인 느낌과 함께 커다란 의문을 갖게 된다. 이것이 바로 남과 다른 그만의 예술적 매력이다. 하늘에서 빗방울이 아닌 신사들이 비처럼 내리는 모습(골콩드), 거대한 바위가 해변 풍경 위 공중에 떠 있는 모습(피레네의 성)

등이 그러하다. 또한, 보통의 인어공주와는 반대로 상반신은 물고기, 하반신은 사람으로 그려내기도 했으며 (집합적 발명) 자화상 격인 그림에서는 알을 보고 있지만 캔버스에는 날갯짓하는 새를 그려 넣어 개념의 상식을 뒤엎기도 했다(통찰력).

이러한 그의 화풍을 '초현실주의'라 한다. 예술은 시대가 중시하는 가치를 중심으로 의식을 표현해 왔다. 초기에는 상상력을 동원해 신의 세계를 그렸고, 점차 인간 중심의 세계를 통과하여 마침내 미지의 영역인 초현실주의에 도달했다. 마그리트는 바로 그 초현실주의 세계의 중심에 서 있다.

초현실주의는 기성의 미학적 상식을 깨고 의식 속에 잠재된 비현실적인 세계를 표현하는 회화형식이다. 특히 일반적인 관계에서 사물을 추방하여 독특한 관계에 두는 것을 '데페이즈망[6]'이라 부른다. 그러니까 있어야 할 곳이 아닌 곳에 물건을 배치함으로써 고정관념을 가차 없이 무너뜨리고, 예상치 못한 만남을 통해 관람객을 경이로운 혼란에 빠뜨리는 것이다. 이는 마그리트가 스스로에게 끊임없이 질문하며 관람객에게 던지는 철학적 메시지이기도 하다. 상식을 뛰어넘는 기발한 발상이 그의 작품 속에서 묘하게 어우러진다.

---

[6] 데페이즈망: 일상에서 흔히 볼 수 있는 물건을 전혀 다른 상황이나 환경에 옮겨 놓는 기법

마그리트의 유년 시절은 막 사진기가 대중화되는 시기였다. 당시 사진의 등장은 회화의 존재 이유를 위협하는 사건이었으나, 마그리트는 이를 두려워하기보다 오히려 회화와 사진의 경계를 넘나드는 독특한 작품세계를 구축했다.

그의 유명한 작품인 '이것은 파이프가 아니다'는 초현실주의 세계에서 한 걸음 더 나아가 상징과 의미의 본질을 재고하게 만든다. 이는 '파이프의 이미지'일 뿐 '파이프 실체' 그 자체가 아니라는 뜻으로, 이미지를 완벽히 재현했더라도 그것은 결국 허상일 뿐이라는 도발적인 사상을 담고 있다. 이미지와 실체를 혼동하며 살아가는 인간에 대한 근원적인 물음인 셈이다. 그는 당연하게 여기는 일상의 허점을 찌른다. 유머와 재치가 넘치는 그의 의식 밑바닥에는 항상 철학적 물음표가 자리 잡고 있었으며, 그는 회화를 통해 감상자와의 깊이 있는 사고의 교류를 원했다. 이처럼 말(언어)과 이미지를 애매한 관계에 둠으로 양자의 괴리를 드러내는 그의 방식은 2차 세계대전 이후의 팝아트에도 지대한 영향을 미쳤다.

> "나의 작품에서 중요한 것은 보이는 것보다 생각하게 하는 것이다." (르네 마그리트)

마그리트의 그림을 보고 깊은 철학을 읽어내어도 좋고, 게임 배경처럼 이상하지만 재미있는 그림으로 느껴도 좋다. 마그리트는 마음에 물음표를 달고 사유하는 사람을 더 좋아한다. 그가 자기만의 그림을 그린 이유다. 관람객이 어떤 의문을 갖더라도 마그리트는 웃으며 이야기해 줄 것이다. 내 그림 앞에서 의문이 들고 생각했다는 자체만으로도 만족하기 때문이다. 단순히 보는 것을 넘어 궁금해하고 질문하며, 자신의 상상력이 타인의 가슴으로 옮겨 갔다면 화가로서 소임을 다했다며 흐뭇해하지 않을까.

가까이 왔을 때 소중해지는 것

구스타브 클림트

　나이가 들면 의무적으로 해야 하는 일 중 하나가 건강검진이다. 이 검사 저 검사 하느라 하루를 꼬박 소비해야 하지만, 내 건강을 체크해 볼 수 있는 시간이라 마냥 제쳐 놓을 수는 없다. 바쁜 몸을 이끌고 반나절 동안 병원 동선을 그리고 온 다음 날, 종합 결과가 나오기도 전에 전화 한 통이 먼저 왔다. 딱 한 가지 재검사를 해야 한다는 것이었다.

　'뭐지? 어디가 안 좋은 건가? 설마….'

　내 머릿속 상상력이 뻥튀기처럼 부풀었다. '며칠 몸을 쿡쿡 찌르던 것이 이상 징조였나? 안색이 안 좋고 피곤하더니 이제 어떡하지?', '입이 좋아하는 음식이 아니라 몸이 좋아하는 음식을 먹어야 하는데 그간 입만 챙겼나?' '주변에서 하나둘 아프기 시작하던데 나도 별수 없는 건가?' 부정어를 첨가한 걱정이 몸에 스며들다가 돌연 멈칫했다. '에이 뭐 별거 있겠어?' 혼자 진단하고 혼자 처방하는 '나 홀로 위문 타임'을 넘기니 불안감은 이내 줄어들었다. 변덕이 롤러코스터를 타는 듯했다. 이틀 뒤, 두려움보다 귀찮고 성가신 일로 여겨졌다. 하지만 연락을 받았는데 어찌 가만히 있겠는가. 후딱 해결해야 할 일이라 생각하고 예약 날짜에 맞춰 검진 센터를 방문했다.

간단한 일이라 금방 끝날 것이라며 밀린 일거리에 대한 미련은 잠시 내려놓았다. 내가 해야 할 검사는 복부 CT촬영이었는데, 혈관이 잘 보이게끔 조영제를 투여하여 X선 기계로 사진을 찍는다고 했다. 단 하나의 검사라도 층을 이동하며 옷을 갈아입어야 했고, 대기하는 시간은 생각보다 길었다. 어차피 오전 시간은 비워두었으니 조바심 내지 말고 마음 편히 기다리자고 생각했다. 팔에 링거 하나를 꽂고 대기하는 중, 간호사가 부작용이 적은 약물을 사용할 것이라 강조했고 나는 차트에 서명도 했다.

계단을 올라 침대 같은 기계에 누워 지시를 기다렸다. 앳된 간호사가 기계를 세팅하고 나와서 곧 약물이 들어갈 테니 기계 속 안내방송에 집중하면 된다고 했다. 숨을 조금만 참으면 금방 끝난다며 친절히 설명했다. 그리고 약물이 들어가면 몸이 좀 따뜻할 거라고 덧붙였다.

"이제 조영제 넣습니다." 간호사가 검사의 시작을 알렸다. 침대가 미끄러지듯이 둥근 고리를 통과하자 갑자기 몸이 달궈지더니 심장이 미친 듯이 뛰기 시작했다. 몸이 따뜻해질 것이라는 말과는 차원이 달랐다. '이게 아닌데…' 뜨거운 열이 상반신을 치고 올라왔다. 기계 안내방송에서 숨을 크게 들이쉬고 또 참으라는 말이 진동하듯 흘러나왔다. 머리는 쥐어짜듯 혈압이 상승했고, 심장이 활어처럼 마구 날뛰기 시작했다. 도저히 안내에 따를 수 없는 상황이었다. '이게 호흡곤란이구나.' 순간 100미터 달리기를 마친 것처럼 안절부절못했고, 숨이 더 이상 내 의지대로 쉬어지지 않았다. 머리의 압력으로 조금도 누워 있기 힘들었다. 불안감이 빛의 속도로 달려왔고, '이러다 죽을 수도 있겠구나' 하는 극대의 감정이 몰아쳤다. 저 깊은 곳에서 올라오는 피의 힘이 극에 달할 때 살고 싶은 욕망이 튀어나왔다. 나는 반사적으로 이 상황을 종료시켜야 했다.

간호사에게 손을 들어 불편한 몸을 전달했다. 촬영방 밖에서 허둥지둥 달려오는 간호사가 놀란 눈으로 나를 바라봤다. 밀가루처럼 하얘진 얼굴로 겁에 질린 나를 보더니 뭔가 잘못된 예감이 들었음을 알아차렸다. "심장이 너무 빨리 뛰어 숨쉬기가 힘들어요. 도와주세요."

내가 간청의 눈빛을 보내자 간호사가 할 수 있는 최선으로 움직였다. 급히 조영제 투입 바늘을 빼고 방 밖으로 나가 다른 간호사를 불러왔다. 두 명의 간호사가 컴퓨터를 보며 서두르는 모습이 역력했다. 어쩌나, 몸에 약물이 투입되고 순간적으로 영상을 찍어야 하는 상황에 약물 투입이 제대로 되지 않았으니 촬영은 중단될 수밖에 없었다. 몇 분이 지나 다행히 심장 박동은 제 속도로 돌아왔다. 놀란 가슴을 쓸어내리며 침대에서 내려와 의자에 앉자 두 다리가 후들거렸다.

검사는 중단되어도 담당 의사와 상의해야 된다고 해서 옷을 갈아입고 상담실 앞에서 기다렸다. 많은 생각이 밀려왔다. '생과 사는 이렇게 멀지 않고 바로 내 가까이 있었구나.'

당장 몇 분 뒤의 상황도 어찌 될지 모른 게 인생이다. 그래도 위기를 잘 모면했기에 내가 이렇게 두 발로 걸어 나오지 않았나 싶어 내 몸에 감사했다. 되짚어 보니 내 의지대로 편안하게 숨 쉰다는 사실조차 축복이었다. 당연한 것들의 소중함이 잔잔하게 가슴을 파고들었다. 불과 몇 분 전에는 몰랐던 일이다. 사람의 어떤 경험은 '이전의 나'와 '이후의 나'로 만든다. 좋은 경험은 행복한 나로 만들고, 불행한 경험은 기본적인 행복을 인지하게 만든다.

이름이 불리고 상담실로 들어갔다. 의사와 마주보고 앉았다. 촬영실에서 있었던 이야기를 털어놓는 동안 의사는 마스크를 이중으로 끼고 있었다. 내가 청각에 문제가 있어 마스크를 내려 달라고 정중하게 부탁했는데도 그는 글로 대화하겠다고 했다.

나는 기분이 몹시 상했다. 환자의 간곡한 부탁은 들어줄 법도 한데 말이다. 중간중간 기침을 하며 설명을 이어가는 것을 보니 본인도 감기의 포로가 되어 있었던 모양이다. 그런데 나와 마주한 순간부터 한 손으로만 타이핑하는 모습이 좀 의아했다. 펜과 키보드를 왔다 갔다 하며 한참 글로 대화를 하다 메모지를 새로 꺼내기 위해 자리에서 일어나는 순간이었다.

아! 내 얼굴엔 원망보다 안쓰러움이 몰려왔다. 그의 한쪽 손과 다리에 마비증세가 있었다. 아마도 뇌졸중이 그의 몸을 스쳐 간 모양이다. 환자의 건강 수치를 현미경처럼 훑어주고 건강 상식을 본보기처럼 보여주는 의사도 결국 나약한 인간이었다. 그도 죽음 근처를 경험해 보지 않았을까.

지렁이 기어가는 글씨를 빠르게 써내니 내가 잘 알아볼 수 없었다. 불행히도 목소리까지 작았다. 시간이 흐르자 내 눈은 쓰고 읽는 대화를 이탈해버렸다. 대화의 에러, 소통의 일방통행은 그 시간을 무의미하게 만들었다. 방황하는 내 시선이 의사의 머리 뒤, 그림 한 점으로 들어갔다. 생각보다 높게 걸린 그 그림은 작은 점들이 빼곡히 박힌 클림트의 〈사과나무〉였다.

녹색 바탕에 빨간 점은 묘사하지 않아도 사과로 보인다. 차분한 그린 계열 위 강렬한 보색대비로 쏟아낸 수많은 사과는 배경인 꽃과 어우러져 잔잔하고 부드러운 느낌을 준다. 저 온화한 그림에서 나는 오늘 생과 사를 투영해 보았다. 싱싱한 생명의 나무도 언젠가는 시들어 땅에 묻히게 되는 삶과 죽음의 순환. 어떤 특별한 상황으로 인해 썩거나 떨어지게 되는 짧은 운명도 마주하게 된다.

클림트는 오스트리아 빈 미술계를 완전히 뒤집은 희대의 반항아로 불렸다. 인간의 삶과 죽음이 끝없이 반복되는 무심한 자연의 섭리에 줄곧 몰두하기도 하고, 사랑과 성, 에로티시즘을 그림에 담아내기도 했다. 그는 천재적이었다. 금 세공사의 아들로 태어나 아버지의 손재주를 물려받고 14세 때 오스트리아 명문 빈 미술공예학교에 입학하게 된다. 교장으로부터 천부적 소질을 인정받아 신부르크 극장 내부 벽화, 빈 미술사 박물관 벽화 등 굵직굵직한 임무를 맡게 된다. 그때만 해도 많은 사람이 클림트를 인정한 이유는 독특함 없이 모두가 좋아하는 고전주의 미술을 착실히 따랐기 때문이다. 성인이 된 20대에 '예술가 컴퍼니'라는 회사를 차려 승승장구하며 유복한 생활을 했다.

그렇다면, 우리가 아는 클림트의 분위기는 어떻게 생겨나게 된 것일까? 바로 클림트의 의식을 변화시키는 충격적 사건이 일어난다. 친동생과 아버지가 뇌출혈로 갑자기 사망하면서 삶과 죽음에 대한 철학적 물음이 생겼다. 이때부터 클림트의 작품세계에 뚜렷한 개성을 담게 되는데, 그 시대의 주류에서 분리되겠다는 의지의 새로운 미술을 추구하게 된다. (분리파)[7]

고대 미술에서 공식처럼 내려오던 원근법을 없애고 여성의 몸매를 여신이 아닌 현실적 인간으로 표현했다. 신화적인 것을 버리고 여성을 강인한 이미지, 에로틱한 분위기, 그에 더해 생명을 잉태하는 몸으로 바라봤다. 이상적인 몸매가 아닌 임신한 누드의 몸을 담아냄으로써 세상의 비난도 두려워하지 않았다.

예술을 매개로 자신의 생각을 더 자유롭게 표현했다. 어쩌면 고전주의 양식을 따르고 주문받은 그림을 열심히 그렸다면 더 부유하게 살았을지도 모른다. 그러나 새로운 시대에 맞는 모던한 감각을 표출하고, 동시에 장식적 기교와 황금빛 색채로 감상자에게 현실과 꿈의 경계를 보여주고자 했다. 그런 그가 〈사과나무〉 같은 온순한 풍경화에서는 반항아적 기교를 잠시 내려놓고 편안하고 안락한 색채를 표현하고자 했다. 생명의 순환, 재생의 상징, 자연으로부터 얻는 살아갈 용기 등 인간의 감정과 관계를 조용히 드러내려 애썼다.

---

[7] 분리파: 19세기 말 오스트리아 빈에서 일어난 전위적 성격의 예술 유파, 과거의 전통에서 분리되어 자유로운 표현활동을 목표로 했다.

오늘, 이 황당한 약물 부작용 사건으로 인해 클림트의 그림이 내 가슴으로 들어왔다. 헤쳐 나가야 할 삶 속에 석류 알처럼 빼곡한 인간의 사건 사고들. 위협하는 것들을 어찌 피해 나가야 할지 의문이지만, 또한 자신의 운명을 겸허히 받아들일 수밖에 없다. 삶과 죽음은 남극과 북극처럼 멀리 있지 않다. 죽음이 가까이 왔을 때 삶이 더 강한 색채로 남는다. 삶과 죽음은 강렬한 보색대비다. 죽음이 덧대어 있기에 삶은 소중하고 귀하고 아름답다. 죽음을 경험하면 삶이 더 선명해진다.

〈구스타브 클림트〉 사과나무, 1912년, 캔버스에 유채, 110×110, 개인소장

〈구스타브 클림트〉 세 여자의 시기, 1905년,
캔버스에 유채, 180×180 로마 국립 현대 미술관

그래 덤벼!

제임스 애벗 맥닐 휘슬러

    제임스 휘슬러는 1834년 미국 매사추세츠주 로웰에서 태어났다. 아버지가 철도 엔지니어였기에 상트페테르부르크와 모스크바 철도 건설을 위해 온 가족이 러시아로 이주했고, 그는 그곳에서 어린 시절을 보냈다. 부모님은 아들이 그림에 소질을 보이자 아낌없는 관심을 보였다. 휘슬러는 그런 관심 덕분에 아카데미에서 드로잉 수업을 받는 소중한 경험도 했다.

    아버지가 갑작스럽게 세상을 떠나자 휘슬러는 미국으로 돌아왔다. 처음에는 아버지가 걸었던 제도 교관의 길을 따라 돌연 육군사관학교에 입학했다. 그러나 엄격한 규율에 적응하지 못해 곧 퇴학을 당했다. 하지만 이 실패가 오히려 기회가 되었다. 불확실한 하나가 제거되자 휘슬러의 길이 뚜렷해졌기 때문이다. 자유를 갈망하는 성격과 미술에 대한 관심. 이 두 개가 그를 화가의 길로 들어서게 했다. 1855년, 그는 본격적으로 예술가의 길을 걷기 위해 유럽으로 건너갔다. 파리에서 글레르의 문하생이 된 그는 쿠르베 등과 교류하며 예술가적 감성을 키워 나갔다.

휘슬러는 색채와 형태의 조화를 중시하며, 감상적인 주제나 도덕적 암시를 배제하는 '예술을 위한 예술'을 표방하는 유미주의8 운동의 선두주자가 되었다. 즉, 예술은 그 자체가 목적이지 도덕, 교훈을 전달하기 위한 것이 아니며 색과 형태 그 자체로 아름다워야 한다는 것이 그의 지론이었다. 감상적인 주제나 도덕적 암시를 배제하고 색채나 형태의 조화로움을 다루는 그는 런던의 야경을 그린 그림에 '야상곡(Nocturne), 화성(Harmory), 배열(Arrangement) 등 음악적인 제목을 붙였다. 회화와 음악이 본질적으로 유사하다고 본 그는 시각 예술을 음악처럼 감각적으로 느끼게 하고자 했다.

> "예술은 삶을 반영하는 것이 아니라 스스로의 세계를 형성하는 것이다." (제임스 휘슬러)

미술사적으로 휘슬러는 인상주의 이전의 예술과 모더니즘을 잇는 가교 역할을 한다. 그는 그림의 평면성과 장식성을 강조했으며, 당시 회화에서 금기시되던 검정과 회색을 과감히 사용해 절제된 색채의 실험적 작품을 선보였다. 밝은 빛을 강조하는 프랑스 인상주의 회화와는 달리, 색채와 구성의 추상적인 경향을

---

8 유미주의: 아름다움을 최고의 가치로 여겨 이를 추구하는 문예사조.

띠었던 그의 화풍은 훗날 모더니즘의 토대가 되었다. 전통적인 재현 미술을 거부하고 순수한 미적 가치와 형식주의를 내세운 그의 철학 덕분이다.

1871년 〈회색과 흑색의 배열 NO.1 - 화가의 어머니〉를 통해 사람들은 휘슬러라는 화가에게 주목하기 시작했다. 대중은 이 작품을 어머니의 기품이 느껴지는 초상화로 보았으나, 정작 휘슬러는 인물 묘사 자체보다 색채의 조화와 구성에 집중했다. '화가의 어머니'라는 제목도 평범한 사람들의 이해를 돕기 위해 나중에 붙인 부제일 뿐, 그는 무채색이 주는 미묘한 변주를 통해 안정감과 균형을 표현하고자 했다.

혁신적인 스타일과 기발한 생각으로 미술 세계를 질주하던 그에게도 시련은 있었다. 1875년 〈검은색과 금색의 야상곡: 떨어지는 불꽃〉을 그렸을 때 사람들의 반응은 매몰찼다. 휘슬러는 불꽃놀이의 장면을 자신의 감성과 철학으로 담아냈으나, 사람들은 무엇을 그린 것인지 이해하지 못했다. 그들의 냉담한 반응은 휘슬러의 감정을 흔들었다.

휘슬러의 화를 최대치로 돋우는 사건이 있었다. 당대 최고의 평론가 존 러스킨이 그 그림을 겨냥해 "관람객의 얼굴에 물감한 통을 끼얹은 것"이라며 혹평했다. 휘슬러는 자신의 작품을 모욕한 자를 가만히 두지 않았다. 명예를 훼손당한 휘슬러는 그를 고소하며 법적 공방을 벌였다. 사람들은 당대 최고의 비평가인 러스킨이 이제 막 떠오르는 신인 화가 휘슬러를 이길 것이라 생각했다. 대중에게 인정받는 59세의 부유한 러스킨과 44세의 당차지만 가난한 화가의 충돌! 그 소송은 뜻밖에도 휘슬러의 승리로 돌아갔다. 그러나 사실상 휘슬러가 패배한 거나 다름없었다. 재판에 패소한 러스킨이 휘슬러에게 배상해야 할 액수는 1파딩. 우리나라 돈으로 1원 정도라고나 할까. 그에 반해 소송을 위해 든 돈은 휘슬러의 전 재산이었다.

존 러스킨이 이 작품을 혹평한 이유에는 다른 감정이 섞여 있었다. 그의 추상적 표현에 당황해서 그런 게 아니다. 휘슬러의 당돌함이 사기꾼처럼 보였기 때문이다. 이 그림을 그리기 위해 단 이틀만 들인 노동력이라니. 작품 값에 비하면 그 수고가 너무나 값싸 보였기 때문이다. 당시 사람들의 인식은 청교도적 가치관이었다. 성실한 노동으로 인한 경제적 보상이 당연한 시대이거늘 쉽게 그린 그림에 비싼 가격이 못마땅했다. 자유로운 영혼과 개인적인 삶을 존중하는 휘슬러는 장인의 기교보다 예술가의 감각을 더 중요하게 생각했다. 그런 개념의 차이가 충돌로 이어진 것이다.

'내 그림 값은 평생 작업하면서 얻은 지식을 기준으로 했다'는 그의 주장이 재판에서 받아들여졌다. 결과가 어떻건 이 사건으로 휘슬러는 사람들의 주목을 받는 화가가 되었다. 파산 후에도 그는 런던에서 조용히 그림을 그렸다. 1890년에는 자신의 예술 철학을 담은 저서 『우아하게 적을 만드는 법』을 출간하기도 했다. 미국에서 태어나 러시아를 거쳐 영국과 프랑스를 오가며 치열하게 활동했던 그는 1903년 런던에서 세상을 떠났다.

> "예술가는 자신의 노동이 아니라 자신의 시각에 대해 보수
> 를 받는 것이다." (제임스 휘슬러)

그의 당차고 위풍당당한 모습은 서명에서도 드러난다. 엉뚱하면서 기발한 아이디어 내기를 좋아하는 그가 생각해 낸 서명은 주로 나비 모양으로 나왔다. 자신의 이니셜인 J.W를 도식화했는데 J가 나비의 몸통이 되고 W가 날개 모양이다. 가냘프고 우아하지만 때로는 교활하고 전투적인 성격의 자신을 나비로 형상화했다. 아예 서명이 아닌 작품의 일부가 되어 나비 그림을 곳곳에 놓아두기도 했다. 러스킨과의 법적 공방이 있는 후부터는 나비의 섬세함에 전갈의 독침과 같은 꼬리가 추가되기도 했다. 그의 고집스럽고 당돌한 성격은 작품의 서명까지도 묻어난다. 단순히 구석에 이름을 남기는 흔한 방식이 아니다. 작품의

미적 조화를 완성하는 구성 요소를 의도적으로 배치하는 그의 아이디어를 보면 '당돌함'과 '천재적인' 단어 사이를 오락가락하게 된다. 아! 하나 더. 세상과 전투적인 화가.

〈제임스 맥닐 휘슬러〉 회색과 검은색의 변주 제1번 (화가의 어머니), 1871년,
캔버스에 유채, 144.3×162.4 오르세 미술관

〈제임스 맥닐 휘슬러〉검은색과 금색의 야상곡 (떨어지는 불꽃), 1875년,
캔버스에 유채, 60×46, 디트로이트 미술관

내 삶이 예술이다

피에르 보나르

보나르는 1867년 프랑스 파리 근교 퐁투아즈에서 태어났다. 태어나보니 법률가의 아들. 당연히 부모의 권유로 법학을 공부했다. 법학과 미술은 극과 극의 직업이지만 예술적인 DNA가 녹아 있었던지 보나르는 미술에 대한 관심이 컸다. 차츰 그 열정을 막을 수 없어 파리 국립 미술학교 (에꼴 데 보자르)와 줄리앙 아카데미에서 수학하며 화가의 길을 선택했다. 그는 기본을 탄탄하게 다지고 출발했다.

보나르는 어린 시절부터 빛과 자연에 민감했다. 법학을 공부하던 시절에도 틈만 나면 거리에 나와 사람들을 스케치하곤 했다. 우연히 방문한 시골 풍경은 그가 색채 감각을 일깨우는 데 결정적 역할을 했다. 한 손에는 법학 서적을 끼고, 다른 한 손에는 스케치북을 든 채 야외에서 사생하는 모습은 지적인 취미의 본보기다. 그는 햇살 가득한 자연을 눈에 담고, 그 평온한 순간들을 마음속에 소중히 저장했다.

1890년대 보나르는 '나비파'의 일원으로 활동하며 회화 세계를 넓혀나갔다. 나비파는 인상주의 화가들이 자연의 순간적인 시각적 인상에만 치중한 데 비해 예술가의 내면세계나 정신성을 소홀히 한다고 보고 내적 탐구를 시작한 것에 시초가 되었다. 회화가 단순히 재현하는 행위가 아님을 일깨워 주고 감정과 상징의 언어가 되어야 한다는 신념을 공유한 예술집단이다. '나비'라는 이름은 히브리어로 '예언자'를 뜻한다. 보나르는 새로운 예술의 선구자라는 자부심으로 회화 세계를 펼쳤다. 이 시기의 보나르는 일본 판화 우키요에의 영향을 강하게 받아 장식적이고 평면적인 색채 구도를 지향하기도 했다.

1893년경, 보나르 인생에 운명적인 존재가 등장했다. '마르트'라는 여성을 만나 평생의 동반자가 된다. 그에게 마르트는 단순히 그림 모델이 아니다. 보나르 예술 세계의 중심이 되고 삶의 노선을 정하는 인물이 된다. 예민한 성격의 마르트가 건강이 나빠지자, 보나르는 그녀를 위해 전원생활을 시작한다. 실내와 욕조에 자주 머무르는 마르트를 끊임없이 그리며 집안의 사소한 순간을 자주 화폭에 담았다. 두 사람은 오랜 기다림 끝에 1925년 정식으로 부부가 되었다.

보나르는 인상주의적인 빛의 탐구를 서서히 감정과 기억의 색채로 변환시켰다. 단순한 빛의 재현이 아닌 '마음속에 남은 빛',

즉 기억의 색채를 탐구하기 시작한 것이다.

그러다 1942년 마르트가 세상을 떠났다. 그의 정신과 삶에 밀접한 관계가 있는 동반자가 떠난 것에 보나르는 큰 충격을 받았다. 혼란도 잠시, 그는 계속해서 그녀를 화폭에 불러냈다. 그녀가 없는 집에서 그녀가 있었던 곳을 되짚으며 기억의 흔적을 찾아 그림 속으로 환생시켰다.

> "나는 실재를 그리지 않는다. 나는 지나간 순간의 진실을 그린다." (피에르 보나르)

보나르의 예술은 '사랑이 남긴 색채의 기억', 즉 내면의 인상주의였다.

그는 일상 속의 아름다움을 누구보다 깊이 통찰했다. 그의 그림은 특별한 사건이나 위대한 풍경만이 예술이 아니라 특별할 것도 없는 일상이 높은 예술적 가치가 있다고 말하고 있다. 식탁의 빛, 욕조의 따뜻한 물건, 창문을 통해 들어오는 햇살, 꽃핀 정원, 고양이 등. 소소한 순간이 주는 의미를 담아내려 했다. 일상은 그의 그림 주제이자, 삶을 지탱하는 가장 기본적인 언어다.

보나르는 젊은 시절부터 도시의 화려함보다 집안의 조용한 공간을 사랑했다. 평범한 찰나가 얼마나 아름다울 수 있는지 깨닫게 하는 것, 그것이 바로 그의 작업 의도였다. 그는 제2차 세계대전이라는 비극 속에서도 붓을 놓지 않았다. 시대의 혼란 속에서도 그는 오로지 내면의 빛을 탐구하는 데 몰두했다.

인상주의 화가들처럼 빛을 탐구했으나 자연의 빛보다 삶 속의 빛을 찾았다. 단순히 시각적 요소를 넘어 삶의 따스함, 사랑의 흔적, 시간의 흐름에 따른 감정의 결을 그림에 담아냈다. 평범한 풍경을 예술적 차원으로 끌어올린 그의 시선은 이후 앙리 마티스와 에드워드 호퍼에게도 깊은 영감을 주었다. 보나르에게 일상이란, 스쳐 지나가는 순간을 붙잡아 영원으로 만드는 예술의 시간이었다.

다람쥐 쳇바퀴 도는 것 같은가. 늘 같은 삶이라 신선한 맛이 없는가. 너무 흔한 삶이라 매력이 없다고 치부해 버린 것은 아닌지. 집과 일터를 반복하는 지루한 일상이 무의미하게 느껴질 수도 있다.

하지만 매일 교통·전쟁을 치르며 출근하는 직장인의 고단함이 누군가에게는 간절한 부러움의 대상이 되기도 한다. 하필 전기가 나갔냐며 간신히 계단을 올라가는 툴툴거림이 다리가 불편한 이들에게는 얼마나 사무치는 갈망일지 생각해 본다. 바꿀 수 없는 삶에서 가치를 찾아내는 비결은 '타인의 눈으로 세상 바라보기'다. 소중한 것을 소중히 여길 줄 모르는 우리에게, 불행이라는 기회가 찾아오기 전에 가장 낮은 눈으로 일상을 대해야 한다. 그런 마인드라면 눈동자에 맺히는 모든 것이 아름답게 느껴질 것이다. 그러면 특별할 것 없던 하루도 비로소 감동으로 마무리된다.

우리 모두의 일상은 그 자체로 예술이다. 다른 이와 구분된다는 삶 자체가 이미 특별하니까.

〈피에르 보나르〉 식탁 위의 아이, 1897년,
25×26.5, 캔버스에 유채, 개인소장

〈피에르 보나르〉 아침 식사, 1932년, 31.1×43.2
종이에 수채 과슈 및 연필, 개인 소장

2부
역경을 재료로

인생의 쓴맛에서 건져올린 그들의 이야기

맏이의 고통

에두아르 마네

미술사에서 마네의 역할은 매우 독보적이다. 기존의 것을 확 뒤엎어 버리는 과감한 의도의 시작점에 선 사람이다. 그런 만큼 사람들의 냉담한 반응도 마네가 고스란히 안았다. 이제껏 사람들이 까무러칠 정도의 놀란 반응을 보이는 그림을 그리는 화가는 많았다. 그러나 미술사에서 마네의 위치를 대단히 높이 평가하고 있는 이유는 그가 전통을 깨고 현대 미술의 문을 연 첫 번째 주자이기 때문이다. 그의 혁신적 예술관은 세잔을 거쳐 인상주의 화가들의 가슴을 뚫고 지나갔다. 또한 피카소에 이르는 입체파의 시초가 되기도 했다. 내로라하는 여러 화가가 그의 그림 사상을 터전으로 삼았기에 다른 화가들의 가슴에 씨앗을 발아시킨 텃밭 같은 존재다.

얼핏 그의 그림을 보면 여느 화가들의 작품과 별반 다를 게 없어 보인다. "이게 왜 그토록 욕을 받는 그림이 되었지?" "특별할 것 없는 이 그림이 왜 그 당시에는 핵폭탄급 반응을 보였던 걸까?" 의문이 든다. 수수께끼 풀 듯 그림을 자세히 들여다봐야 하고, 당시 시대적 배경을 놓고 봐야 그럴만한 이유를 찾게 된다.

마네는 1832년 프랑스 파리에서 태어났다. 세상에 태어나보니 할아버지가 시장이고 아버지는 판사였다. 태생부터 다이아몬드 수저인 마네는 재력과 권력이 빵빵한 집안에서 미술을 공부하게 된다. 기존의 화가가 그래왔듯 전통적 아카데미 방식을 충실하게 받는다. 살롱전에서 우수한 성적을 거둔 스승의 가르침을 받으며, 화가들의 등용문인 살롱전에 입성하고자 하는 로망을 키워나갔다. 당시 마네가 그린 그림은 인체를 붓 자국이 보이지 않을 정도로 매끈하게 다듬었고, 화면에 성실히 원근을 넣고 입체적인 공간을 만들었다. 소재 또한 르네상스 이후 이어져 온 종교적 서사나 신화에 집중하였고, 대중이 아름답다고 경탄할 만한 그림을 그리는 데 주력했다.

이때까지만 해도 마네에게 고전주의를 벗어난 그림이란 상상조차 할 수 없는 일이었다. 주류사회의 일원으로 인정받고자 했던 그는 아카데미즘을 성실히 수행하며, 사람들이 좋아하는 보편적 스타일로 오직 그 공모전에 당선되길 고대했다.

그런 그가 1863년, 문제작 '풀밭 위의 점심 식사'를 살롱전에 출품했다. 하지만 이 그림은 착실하게 고전주의를 토대로 그린 그림이 아니었다. 전통적인 누드화 형식을 완전히 뒤틀어 버린

이 작품은 회화 의식에 대한 명백한 도발이었다. 그토록 고전주의 수호자인 마네가 이토록 파격적인 그림을 그린 건 도대체 무엇 때문이었을까. 그의 의식을 탈바꿈하는 계기가 무엇인지 의문이 들지 않을 수 없다.

저 멀리 이국땅에서 온 종이 한 장이 마네의 그림 개념을 바꾸기 시작했다. 아마도 식상한 그림들이 나부끼는 분위기 속에 새로운 것에 목말랐던 사람들에게 보이기 시작했을 것이다. 다양한 색감을 사용하되 입체감과 원근감이 없는 그림은 상상조차 하지 못했는데, 일본의 판화 '우키요에[9]'를 본 순간 '이거다!' 하고 외쳤다. 멀리 옮겨지는 도자기의 완충제 용도로 사용되었던 이 종이가 서양 땅을 밟으면서 많은 사람의 가슴을 흔들어 놓았다. 마네를 비롯한 훗날의 인상주의 화가들은 이 우키요에를 참고하며 그림에 대한 고정관념을 깨뜨리기 시작했다.

'그림에 원근이 없어도 그림이다. 꼭 많은 색상을 써야 그림이 되는 것은 아니다. 오히려 단순한 것이 강렬한 것이 될 수 있다. 이제는 변해야 할 때다.'

---

[9] 우키요에: 일본 무로마치 시대부터 에도 시대까지 발달한 목판화. 사람, 자연풍경, 일상생활 따위를 묘사한 풍속화의 형태가 많다.

마네의 굳어 있던 의식에 새로운 바람이 불자 눈에 보이지 않는 신화 속 인물들이 아닌 현재의 사람들이 눈에 들어왔다. 천사나 여신 같은 몸매가 아니라 손을 뻗으면 닿을 듯한 동시대를 사는 사람들이 그의 마음을 사로잡았다. 그렇게 눈앞의 시선을 따라 솔직하게 그려냈다.

사람들은 까무라쳤다. 이제껏 누드화의 주인공은 신화적이고 이상화된 몸매를 지녔는데 마네의 그림 속의 인물은 그냥 동네 옆집 아줌마, 아저씨의 현실적인 사람이었다. "이런! 그림에 적나라한 현재를 넣다니…" 그 발칙한 도발에 사람들은 기겁했다.

21세기를 사는 우리에게는 뭐 그리 대단한 일일까 생각할 수도 있다. 우리는 그만큼 새로운 것, 신선한 것, 시대를 초월하는 그림을 눈에 많이 넣어 왔기 때문이다. 눈만 돌리면 영상으로, 책으로, 가까운 전시장에 가서 얼마든지 그림을 보고 또 볼 수 있다. 하지만 그 당시에 한 번도 상식을 벗어난 그림을 접해보지 않은 사람들이 전시장에 발을 들여놓았던 순간, 그때는 참신함보다는 분노가 치솟았다.

그 당시 대중들이 보편적으로 좋아했던 그림은 나폴레옹 3세가 구입한 알렉상드로 카바넬의 〈비너스의 탄생〉처럼 매끄럽고 이상적인 작품이었다. 그림은 이렇게 그려야 하거늘. 마네는 배가 튀어나오고 성실한 묘사가 없는 평면적 회화를 내걸었으니 얼마나 기가 막혔을까. 그림 실력이 없다고 혀를 끌끌 차는 사람들이 태반이었고, 아이들도 접근하지 말라는 안내문이 걸리기도 했다. 우산으로 그림을 찢으려고 하는 사람도 있었다. 많은 화두에 오른 이 그림 앞에서 당시 상류층 부르주아들은 얼굴을 붉혔다. 벌거벗은 나체의 여인과 노니는 자신의 일상을 들킨 것 같은 부끄러움 때문이다. 어제의 나, 그저께의 나를 그린 듯 자화상 같은 치부를 보여주는 것 같아 더 큰 역정을 내기도 했다.

사람들의 욕을 잔뜩 먹고도 마네는 2년 뒤 다시 살롱전에 작품 하나를 투척한다. 이번엔 더 강한 폭풍이 불어닥쳤다. 〈올랭피아〉 이 작품을 자세히 들여다보면 매춘부의 일상을 적나라하게 보여주고 있다. 신화적인 누드화가 아닌 평범한 여성을 그렸다는 것도 분개할 일인데, 목에 초커를 두른 (당시 직업적 매춘부의 상징이 초커였다) 여성이 당당히 정면을 응시하고 있다. 올랭피아라는 이름 또한 매춘부들이 흔하게 쓰는 이름이다. 발밑의 검은 고양이는 꼬리를 바짝 치켜들고 있다. 고양이 꼬리는 남성의 성기를 상징하는 것이다. 검은 피부의 하녀가 꽃다발을 전해주는 장면. 그 꽃다발은 손님이 그녀에게 주는 것이라 짐작할 수 있다.

누가 봐도 성매매 현장을 드러낸 그림이다. 사람들이 분노한 이유는 그 당시 프랑스 사회의 문란한 성생활을 들켰다는 데서 오는 당혹감이다. 사회적 제재가 별로 없기도 했지만 경제적, 사회적 여유가 생기면서 부르주아들은 가장 밑바닥의 쾌락을 일상적으로 찾아다녔다. 그들의 뒤통수를 따끔하게 만드는 상류 사회를 고발하는 그런 그림이 놓이자 사람들은 더욱 분개했다.

검은 하인과 배경이 원근감 없이 하나로 붙어 있고, 평면적이며 단순한 색상이 강렬한 인상을 남기고 있다. 이 올랭피아를 시작으로 서양 미술은 서서히 변화하기 시작한다. 마네가 내세우는 파격적인 소재, 입체감을 무너뜨리고 2차원의 평면적 매력에 화가들은 하나둘 동조하기 시작했다. 이로써 인상주의의 길을 열어준 마네는 인상주의의 아버지라 칭할 만하지 않은가.

"예술가의 임무는 인간을 불편하게 만드는 것이다."라고 루시안 프로이드가 말했다. 현실을 적나라하게 들춰내는 일. 그 속에 몰려드는 비난과 질타를 수없이 받아낸 그다. 태생부터 귀공자 집안의 자제였던 그가 사람들의 손가락질을 감내하며 견뎠을 보이지 않는 그 시간이 얼마나 많았을까. 자유로움과 개인주의가 존중받는 지금의 시선에서 보면, 160여 년 전 마네가 겪은 일들은 마치 영화처럼 극적으로 다가온다.

지금, 수많은 욕받이가 된 그림이 파리 오르세 미술관에서 극진한 대우를 받으며 벽에 걸려있다. 마네는 지금 미술관 근처 하늘 위에서 그 시절의 서러움을 씻어내며 위안의 눈물을 흘리고 있지 않을까.

〈에두아르 마네〉 풀밭위의 점심 식사, 1863년,
캔버스에 유채, 208×264, 오르세 미술관

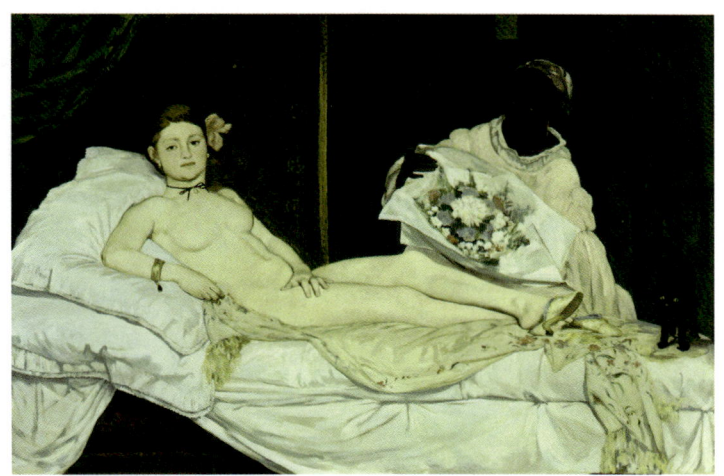

〈에두아르 마네〉 올랭피아, 1863년, 캔버스에 유채, 130×190, 오르세 미술관

우키요에 대표작 - 〈가쓰시카 호쿠사이〉 가나가와 해변의 높은 파도 아래, 1830년도,
25.7×37.9, 다색 목판화(종이에 채색)

예술은 병으로부터 태어난다

에드바르트 뭉크

뭉크의 절규가 떠오르는 날이 있다. 일그러진 얼굴을 두 손으로 감싸고 불안이 불길처럼 치솟아 오르는 날. 온 세상이 두려움으로 도배되어 금방이라도 비명이 터져 나올 것만 같은 순간을 맞닥뜨릴 때가 있다. 무엇이 나를 이토록 불편하게 하는지, 제대로 걸러내지 못한 망상의 이물질이 머릿속을 통과하며 내 정신의 채도를 떨어뜨린다.

한 번도 경험하지 못한 인생, 리허설이 없는 삶을 살아내는 동안 슬픔이 배어 나오는 순간이 얼마나 많았는가. 기쁨은 빠르게 휘발되고 슬픔은 오래 저장되어 재생과 반복의 테이프를 돌리며 삶을 채웠기 때문일까. 평범하지 못한 삶에 회의가 들고, 나약한 정신이 주는 신체적 불편함을 견디는 것에 피곤해졌다. 극도로 예민한 내가 복잡한 세상을 살아가야 한다는 사실이 두려워졌다. 내 마음과 대비되는 맑은 하늘을 올려다보며 남은 삶 어떻게 행복하게 살 것인지 자주 고민에 빠졌다.

"그 예민함이 있기에 그림 그리는 일을 하는 게 아닐까?" 누군가가 건넨 위로였다. 하나의 사물을 보고 가슴에 오래 여운을 남기는 것, 타인이 느끼지 못하는 감정을 다각도로 미세하게 포착하는 것, 생각이 너무 많아 자주 사색에 빠지는 것들. 이 모든 것은 달리 보면 창의력의 밀도를 높이는 생산적인 요소가 된다. 물론 그에 뒤따르는 고통도 있으니 병적인 요소의 비중도 크다.

'예민함이 그림을 지속시킨다'는 말을 찬찬히 되새겨 보았다. 타고난 예민함을 없애기는 힘들다. 사라지게 할 수 없는 것이라면 잘 데리고 살아야 한다. 병적인 부분과 예술적인 부분을 잘 섞어서 '나'라는 사람의 형상을 찾아가면 된다. 감정의 섬세함이 오히려 힘이 되는 분야가 예술이라는 사실이 불행 중 다행이다.

> "공포, 슬픔, 죽음의 천사는 내가 태어날 때부터 내 곁에서 있었다. 나는 두 가지를 선천적으로 물려받았는데 그것은 병약함과 정신병이다." (뭉크)

그의 말 속에 두툼한 어둠이 서려 있다. 다른 화가들이 '삶'에 대해 이야기하고자 했다면, 뭉크는 '죽음'을 서슴없이 보여주고자 했다. 어떤 환경이 그를 죽음의 서사로 이끌었을까. 아마도 평범한 삶은 아니었을 것이다. 그의 일생을 찬찬히 들여다보자.

1863년, 노르웨이에서 다섯 남매 중 둘째로 태어난 에드바르트 뭉크는 허약한 어머니의 체질을 물려받아 태어날 때부터 류머티즘과 열병에 시달렸다. 그가 다섯 살이 되던 해, 어머니가 폐결핵으로 사망하면서 삶에 검은 구름이 몰려왔다. 어린 나이에 '죽음'이라는 단어를 마주하며 달라진 집안 분위기를 감내해야 했다. 어머니가 세상을 떠나자 다정했던 아버지는 돌변했다. 아내의 요절이 자신의 신앙심이 부족한 탓이라며 자책했고, 아이들이 죄를 지었기에 그 벌로 아내가 죽었다고 생각했다. 아버지는 정신적으로 온전치 못한 채 아이들에게 자주 신경질을 부리며 이상 증세를 보였다. 어머니의 부재와 아버지의 광기로 인해 그의 유년은 차츰 우울해지고 피폐해졌다.

어머니가 죽은 지 얼마 지나지 않아 누나마저 폐결핵으로 세상을 떠난다. 뭉크는 정신적으로 큰 충격을 받는다. 사랑하는 사람 두 명을 고스란히 떠나보내야 하는 자신의 운명에 당황스러워한다. 뭉크의 내면에서는 두 사람의 죽음이 오랫동안 떠나질 않았다.

뭉크가 학교에 가게 될 나이가 되었을 때, 그는 어린 시절 앓았던 류머티즘과 열병의 후유증으로 늘 혼자였다. 대인 기피증과 우울증이 덤으로 따라붙어 자주 외로움과 친구가 되었다.

학교생활에 좀처럼 적응하지 못하던 그는 차츰 그림에 관심을 두기 시작했다. 자신의 감정을 그림으로 표출시킬 수가 있다는 것을 어린 나이에 깨달은 것이다. 화가가 되기로 결심하는 데는 그리 오래 걸리지 않았다.

그런데 신경질적인 아버지가 그의 앞길을 가로막았다. 당시 화가라는 직업은 문란한 생활에 수입이 불안정하여 좋지 않은 시선으로 비춰졌다. 다행히 어머니가 돌아가신 후 뭉크를 애정으로 보살펴준 이모가 있었다. 이모는 뭉크가 예술에 전념할 수 있도록 물질적 지원은 물론, 미술학교에 들어갈 수 있도록 적극 도움을 주었다.

그 무렵 노르웨이 화단은 사실주의의 화풍이 유행하고 있었다. 우리가 잘 아는 뭉크의 대표작 〈절규〉처럼 감정을 강렬하게 표출하는 그림은 처음부터 탄생한 것이 아니다. 학교가 원하고 대중이 원하는 작품을 그려야만 화단에서 살아남을 수 있기 때문에 시대의 흐름에 조용히 따랐다. 그러던 어느 날, 뭉크는 꿈을 꾸었다. 꿈속에서 죽은 누나와 재회했는데, 그 장면이 너무나 생생하여 현실로 옮겨 그린 것이 〈아픈 아이〉다.

어두운 배경에 물감을 덧칠하여 두껍고 거칠게 쌓아 올린 이 그림을 보고 노르웨이 화단은 냉정하다 못해 비난을 퍼부었다.

뭉크는 그런 그림 스타일이 좋았지만 학교의 장학금을 받기 위해, 이모를 실망시키지 않기 위해 다시 사실주의에 토대를 둔 단정한 그림을 그렸다. 좀 다듬어지긴 해도 다행히 뭉크가 표현하고 싶어 하는 죽음에 대한 메시지는 여전히 남겨 두었다. 그렇게 착실하게 작업하며 평단의 인정을 받은 그는 운 좋게도 학교의 장학금을 얻어 유학길에 올랐다.

화가의 도시 파리에 도착하니 인상주의 그림이 활개를 치고 있었다. 뭉크도 그 분위기에 합류해 밝은 그림을 그려보지만, 자신과는 영 맞지 않았다. 그는 사실주의, 인상주의만으로는 자신의 격렬한 감정을 온전히 표현하기가 힘들다는 것을 깨달았다.

파리에 머무는 동안 고향에 계신 아버지가 돌아가셨다는 전갈을 받았다. 한때 미움의 감정이 깊게 박힌 아버지였지만, 고독한 타지에서 장례식조차 참석하지 못한 채 아버지를 진지하게 추억하게 되었다. 그는 아버지의 죽음이라는 세 번째 상실을 맞이하며, 비로소 자신이 그림으로 표현하고자 하는 '죽음의 세계'에 한 발짝 더 다가갈 수 있었다.

이후 뭉크는 '한스 에게르'라는 정신적 지주를 만나게 된다. "너의 감정을 드러내라, 너의 그 죽음에 대한 감정을 그림으로 표출시켜라"고 말하는 그의 조언을 진지하게 받아들였다. 이때부터 뭉크는 〈절규〉 같은 그의 고유한 스타일의 그림을 그리기 시작한다.

그에게 있어 사랑도 비극적이다. 세 명의 여인을 거치면서 사랑이란 행복이 아닌, 저주와 죽음의 실루엣을 드리운 비운으로 결론 내린다. 스무 살에 시작된 그의 첫사랑 밀리. 순진한 뭉크는 진심 어린 사랑을 시작했다. 그러나 밀리는 처음부터 진심이 아니었다. 이 남자 저 남자를 거쳐 가는 진솔하지 못한 여자였다. 이미 그녀는 남편이 있는 여자였다. 처음부터 사랑이 이루어지면 안 되는 사이였다. 밀리가 남편과의 이혼 후 다른 남자와 재혼하는 상태에 이르게 되자 뭉크의 첫사랑은 배신으로 끝났다. 그렇게 극심한 사랑의 후유증을 겪으며 첫사랑을 지워냈다.

두 번째 사랑은 고향 친구에서 시작되었다. 베를린에서 진보 예술가들의 모임이 이루어졌을 때, 고향 친구인 다그니가 베를린으로 유학을 오게 되면서 둘은 친구에서 연인으로 발전했다. 뭉크는 다그니를 진보 예술가 모임에 데리고 갔다. 그게 화근이 될 줄은 몰랐다. 모임의 두 친구 녀석들이 다그니에게 반해버렸다. 결국 다그니가 모임의 한 친구와 결혼하게 되면서 두 번째 사랑도 초췌하게 끝나버린다. 사랑과 우정이 한꺼번에 깨진 상황. 감수성이 예민한 뭉크에게 두 번째의 사랑도 배신으로 마무리되었다.

툴라. 그의 서른다섯 살에 세 번째 사랑이 찾아왔다. 뭉크가 먼저 좋아했지만 점차 툴라의 집착이 심해지면서 뭉크가 힘들어졌다. 여자에게 지쳐버린 걸까. 결혼 직전, 뭉크가 툴라에게 이별을 예고하자 툴라는 자신과 헤어지면 죽어버리겠다며 자살소동을 벌인다. 평소 뭉크의 취미가 사격이었다. 그 총이 툴라의 손에 쥐어질 줄 누가 알았겠는가. 둘은 실랑이를 벌이다 그만 방아쇠가 당겨져 뭉크의 가운뎃손가락을 통과하게 된다. 이에 오만 정이 떨어진 둘은 헤어지게 되고⋯. 정신적 고통을 안겨준 여자는 뭉크의 그림 작업에서 마녀, 흡혈귀로 표현되어 나왔다.

사랑도 건강하지 못했다. 그런 그에게 그림으로 감정을 표출할 수밖에 없었다. 죽음과 가깝고, 죽음을 의식하며 죽음을 그려내던 그가 어느 날 스스로 정신병원을 찾았다. 현실에서 감당한 경험이 정신을 어지럽게 만들었다. 그가 정신을 치유하는 동안 자신과 비슷한 처지의 한 화가를 알게 되었다. 바로 반 고흐다. 한 번도 만난 적은 없지만 그의 삶을 자신의 삶과 비교하며 마음의 멘토로 삼았다. 상업적으로 성공하지도 못했고, 자신과 비슷한 병을 가지고 암울한 생활을 했음에도 희망을 그렸다는 것에 큰 감명을 받았다. 차츰 마음이 밝은색으로 옮겨갔다.

그즈음 노르웨이 오슬로 대학에서 벽화 의뢰가 들어왔다. 젊은 청춘들의 활기가 드러나는 큰 공간에 그림을 그려달라는 제의를 받았다. 대학교의 큰 벽면에다 무엇을 그려 넣어야 할지 고민하던 그는 사다리를 타고 올라가 태양을 표현했다. 밝게 빛나는 빛의 모습을 눈부시도록 장엄하게 표현해 냈다. 암울하고 어두운 그림으로 오랫동안 죽음을 의식하며 산 그가 어떻게 이런 눈부신 태양을 표현했는지. 아마도 한 생을 살아내는 동안 삶과 죽음의 공생이 그의 그림 세계를 더 탄탄하게 만들었는지도 모르겠다. 그는 이 벽화로 노르웨이의 국민화가가 되었다.

오슬로 서쪽 에켈라의 작은 집에서 뭉크는 인생 후반 30년을 보내게 된다. 골골팔십이라 했나. 아이러니하게도 평생 육체적 고통에 시달리면서도 다른 사람보다 오래 살았다. 젊은 날의 우울과 불안은 접어두고 밝고 편안한 모습의 그림을 그리다 80년 생을 마감했다.

"예술은 병으로부터 태어나고, 예술가는 병든 인간으로부터 태어난다."
"예술가는 자신의 고통과 두려움을 세상에 드러내는 사람이다." (뭉크)

병과 고통. 예술가의 필수 재료이기에 그는 다른 이들보다 더 뜨겁게 상흔을 쏟아낼 수 있었던 것이 아닐까.

〈뭉크〉 절규, 1893년,
판지위에 유채, 템페라, 파스텔, 91×73.5, 노르웨이 오슬로 국립 미술관

〈뭉크〉 아픈 아이, 1885년,
캔버스에 유채, 119.5×118.5 노르웨이 오슬로 국립 미술관

사과 한 알로 설움을 넘다

폴 세잔

폴 세잔은 1839년 프랑스 남부 엑상프로방스에서 태어났다. 흔히 예술가들의 생애가 그러하듯, 세잔의 아버지 역시 자식이 재능이 있어도 미술가로 성장하는 것을 원치 않았다. 화가의 꿈을 꾸는 세잔에게 아버지는 법관이 되기를 바랐다. 처음엔 엄격한 아버지의 바람대로 순순히 법대에 진학해 집안의 명예를 일으키려 했다. 그러다 돌연 22세에 화가가 되기로 마음을 바꿔 먹었다. 안 봐도 비디오다. 아버지와의 거친 마찰과 주변인들의 따가운 시선을 제어하는 것은 쉽지 않았을 것이다. 자신의 완고한 뜻을 펼치기 위해 무작정 파리로 넘어가 미술 공부를 시작했다. 결국 지지고 볶았어도 아들을 이길 수 없었던 아버지는 화가가 되기로 결심한 아들에게 경제적 지원을 아끼지 않았다. 세잔의 아버지는 그 당시 모자 제조업자를 거쳐 은행창업자로서 부유한 자산가였다. 평생 다른 화가들과는 다르게 물질적 궁핍함 없이 그림에 매진할 수 있었던 이유도 순전히 아버지의 유산 덕분이다.

초기 세잔은 낭만주의 화가들의 영향을 받아 거친 붓놀림과 내면의 갈등을 담은 어둡고 우울한 분위기의 그림을 그렸다. 그러다 인상주의 화가들과 교류하며 '카미유 피사로'에게 깊은 영향을 받게 된다. 피사로의 조언에 따라 작업실을 벗어나 야외에서 그림을 그리기 시작했고, 초기 특유의 어두운 색채를 점차 탈피하며 화풍의 변화를 맞이했다.

비록 인상주의 화풍에 합류했으나, 세잔은 자신만의 독특한 기법을 개발하고자 끊임없이 애썼다. 인상파가 빛에 의해 시각적으로 보여지는 색만을 좇았다면, 세잔은 단순히 눈에 포착되는 색채를 넘어 사물의 본질과 또 다른 색감을 포착하기 위해 고민하기 시작했다.

이후 세잔은 미술의 중심지인 파리 살롱전에 출품하며 공식적인 화가로서의 첫발을 내딛으려 했다. 당시 왕립 아카데미가 주최하는 파리 살롱전은 가장 권위 있는 등용문이자 성공의 척도였다. 하지만 세잔은 아쉽게 낙선하고 만다. 당시 살롱전은 르네상스 화풍 같은 전통적인 스타일을 선호했기에, 세잔의 새로운 화풍이 끼어들 틈이 없었다. 1863년, 3천 점 이상의 작품이 낙선하면서 살롱전에 대한 불만이 터져 나오자, 낙선한 이들을 위한 '낙선전(Salon des Refuses)'이 개최되었다.

낙선전에는 모네, 피사로, 마네 등 당대의 소외된 천재들이 모여들었다. 그러나 평론가들의 반응은 냉담했다. "임신부는 세잔의 그림을 빨리 지나처라. 인물 색이 기괴해서 곧 충격을 받을 것이다."라며 조롱 섞인 비평을 쏟아냈다.

세잔은 세상의 가혹한 평가에 깊이 상심했다. 자신의 예술적 가치를 알아주지 않는 세상이 원망스러웠다. 그는 결국 고향인 엑상 프로방스로 돌아와 은둔자의 삶을 살며 작품 활동을 했다. 혹평하는 세상을 피해 작업실에 틀어박힌 세잔은 이글이글 오기가 타올랐다. "나는 사과 한 알로 파리를 정복하겠다."며 친구 에밀졸라에게 보내는 편지에 이렇게 썼다. 그림으로 세상을 놀라게 하고 싶은 결의와 되돌이표 되는 실패 속에서도 꺾이지 않은 한 서린 응어리가 함축적으로 담겨 있다.

세잔은 그동안 화가들이 교과서처럼 따르던 원근법을 무시했다. 멀리 있는 것은 작게, 가까이 있는 것은 크게 그리며 하나의 시점만이 허용하던 기존의 공식을 과감히 깨뜨린 것이다. 대신 그는 시점에 따른 시각적 변화를 한 화면에 담음으로써 사물의 본질에 충실하고자 했다. '위, 아래, 왼쪽, 오른쪽' 등 다각도에서 바라본 사물의 모습을 한 폭에 구현할 때 사물의 진면목에 더 가까워진다고 믿었기 때문이다. 이러한 이중적 시각과 공간의 왜곡, 그리고 시간적 변화를 담아낸 그의 시도는 기존 미술계의 상식을 뒤엎는 판이한 행보였다. 더불어 그는 사물을 집요하게 파고들며 연구했다. 그는 모든 사물의 본질이 '구, 원기둥, 원뿔'의 형상으로 단순화될 수 있다는 결론을 내리고, 부수적인 것들을 걷어내며 자연의 심플한 내부구조를 포착했다.

즉, 세잔은 사물을 기본적인 형태로 분해해 다시 머릿속에서 재조합하는 방식으로 그림을 그렸다. 인상주의 화가들이 단순히 눈으로만 그리는 것이라면 세잔은 머리로 생각하며 현실의 모방이 아닌 '창조'로서의 그림을 보여준 셈이다. 후에 그의 이런 파격적인 사상은 피카소에게 전해져 '그림은 재현이 아닌 재구성'이라는 입체주의의 씨앗이 된다.

간절하면 이루어진다고 했던가. 오랜 노력 끝에 세상이 주목하기 시작했다. 초기에는 많은 비난과 조롱을 받았지만 1895년 쉰여섯의 나이에 세상의 인정을 받고 처음으로 개인전을 열게 되었다. 이후로도 그는 쉬지 않고 성공 가도를 달렸다. 마음에 드는 사과 그림을 그리기 위해 150번을 시도했고, 40년 동안 하루도 사과 그리기를 거르지 않았던 집념의 결과였다. 사과 하나에 전 생애를 건 분투 끝에 세상은 그의 진심을 알아봤다. '사과 한 알로 세상을 놀라게 하겠다'던 그의 장담이 현실이 된 것이다. 그는 천재형이 아닌 지독한 노력파였다. 유명 화가가 된 후에도 승승장구에 안주하지 않고, 자신이 가는 길이 맞는지 끊임없이 자문하며 연구를 멈추지 않았다.

1900년대에 들어 세잔 특유의 화풍이 널리 알려지면서 피카소, 마티스, 브라크 등 현대미술의 거장에 결정적 영향을 주게된다. 그래서 그를 '근대미술의 아버지'라고 불린다. 깊숙이 뿌리박힌 고정관념을 탈피하고 새로운 사상을 받아들이기까지 사람들은 수많은 내적 갈등과 동요를 경험한다. 이는 그림을 그리는 사람과 그림을 받아들이는 사람의 공통적 마음이다. 세잔은 창의적 생각과 깊이 있는 사유를 끌어내는 용기, 그리고 일반화할수 있는 도전의 용기. 그 점이 남과 달랐다.

그는 사람의 눈으로는 한 번에 볼 수 없는 모습을 회화로 표현했다. 인상주의 특징을 유지하면서도 자신만의 독특한 비전을 결합해 새로운 예술세계의 물꼬를 터준 것이다. 그가 그림에 담았던 철학은 후대 예술가들의 창의성에 길을 내어준 셈이다. 집요하게 파고드는 끈기, 깊은 사유와 오랜 관찰력으로 얻어낸 이 결과물은 인내력이 짧고 '쇼츠(Short)'에 열광하는 성질 급한 현대인에게 묵직한 여운을 준다.

왜 그는 하필 사과를 선택했을까? 구하기 쉽고 잘 썩지 않아 오랫동안 관찰하며 시간적 구상의 방향이 용이하기 때문이 아니었을까. 사과는 우리나라의 풍수지리상 복을 가져다준다는 의미가 있어 인기 있는 그림 소재다. 섬세하게도 초록 사과와 붉은 사과를 집안의 어떤 위치에 두면 좋다는 말도 있다. 사과는 우리에게 매우 익숙한 과일이다.

그 당시 대학 관문을 통과하는 수채화 테스트에서도 사과는 빠지지 않고 나오는 단골 소재였다. 화면에 생기를 주거나 원근감을 표현할 때, 혹은 색채의 조화로움을 보여주기에 적합했다. 사과만 잘 그려도 반은 먹고 들어간다는 말이 있을 정도로 사과 한 알을 놓고 열심히 관찰했다. 작은 구 안에서 원근감, 표면의 질감, 한 입 베어 물고 싶은 생생함을 구현해 내기란 결코 쉬운 일이 아니었다. 그림 실력이 부족할 때는 미운 소재지만, 만족할 만한 실력을 갖추게 되면 참 든든한 소재였다. 그렇게 사과는 내 그림 속에 들어오기도 하고 타인의 그림 속에 마주해 감상의 대상이 되곤 했다.

머리 위에 놓인 사과에 활을 쏘는 빌헬름 텔의 사과, 아담과 이브의 욕망의 사과, 만유인력의 법칙을 알아낸 뉴튼의 사과, 백설공주를 잠들게 한 마녀의 사과, 요즘은 한 입 베어 문 부자의 사과까지. 역사를 바꾼 수많은 사과가 있지만 사과를 보면 한 번쯤 세잔이 떠오른다.

세잔과 사과는 이음동의어다.

〈폴 세잔〉 사과와 오렌지, 1899년,
캔버스에 유채, 74×93, 오르세 미술관

〈폴 세잔〉 사과 바구니, 1893년경,
65×80, 캔버스에 유채, 미국 시카고 미술관

캔버스에서 얻은 삶의 공식

비운은 왜 내게만 오는 걸까?

아메데오 모딜리아니

모딜리아니는 이탈리아 항구도시 리보르노에서 태어났다. 그가 4남매 중 막내로 세상에 나올 즈음, 잘나가던 아버지의 사업은 기울어가고 있었다. 타이밍이 그랬기에 그는 태생부터 찬바람이 불어 닥친다. 아이가 태어나는 날, 집안 식구들은 정신없이 산모의 침대 위에 집안의 귀중품을 올려놓기 바빴다. 아마도 압류 딱지가 여기저기 붙었을 집안 풍경을 모딜리아니가 생의 첫 장면으로 보지 않았을까. 그 당시 이탈리아에서는 '임산부나 산모의 침대 위에 있는 물건은 압류할 수 없다'는 법이 있었다. 불행 중 다행이라 여긴 아버지는 아이가 태어나는 기쁨보다 재산을 지키기에 혈안이 되었을 것이다.

그런 와중에도 모딜리아니는 특출한 한 가지를 가지고 태어났다. 신이 아무에게나 주지 않는 축복. 천사처럼 잘생긴 외모는 모든 사람의 부러움을 샀다. 하지만 두 가지를 다 줄 수는 없었던 걸까. 외모는 신의 은총을 받았으나 건강은 그러지 못했다. 11살부터 늑막염을 앓았고, 14살 때는 고열에 시달리며 죽을 뻔한 일도 있었다. 16살 때는 억울하게도 결핵을 판정받았다. 당시 사망원인 1위가 결핵이었다. 늘 애정으로 대하는 어머니는 아들이 얼른 낫기를 바랐고, 아픈 와중에도 미술관에 가고 싶어 하는 막내의 소원을 들어주기도 했다. 상태가 호전될 즈음, 병만 나으면 원하는 것은 무엇이든 해주겠다던 어머니의 약속대로 중학교를 중퇴하고 본격적으로 미술 공부를 시작했다.

어머니는 권위 있는 국립 미술학교가 아닌, 리보르노의 최고 화가가 있는 사립미술학교에 아들을 진학시켰다. 결핵이 심해지는 바람에 사립학교에서 미술 공부를 한 기간은 짧았지만, 공립보다 자유롭고 개방적이었던 그곳의 분위기는 모딜리아니에게 큰 영향을 주었다. 틀에 박힌 국립학교의 수업 대신 실험적이고 다양한 시도를 장려하는 사립학교에 입학한 것이 모딜리아니에게 '신의 한 수'가 되었다.

이후 피렌체로 건너가 그는 화가 조반니 파토리의 아틀리에에서 미술을 배우게 된다. 이때 그는 미술뿐만 아니라 미술사와 철학에도 깊이 심취했으며, 조각에도 큰 관심을 두기 시작한다. 모딜리아니는 생각이 깊고 문학적 역량도 뛰어났는데 여기에는 어머니의 영향이 컸다. 스피노자의 후손이었던 어머니 덕분에 시와 문학적 교양을 두루 갖춘 아이로 성장할 수 있었다.

그 잘생긴 청년 모딜리아니는 고향에서 이미 수많은 여성의 마음을 훔쳤다. 하지만 그는 아쉬운 마음을 뒤로하고 1906년, 22살의 나이에 파리로 떠난다. 당시 19세기와 20세기를 잇던 파리는 예술가의 도시로서 정점을 찍고 있었다. 그곳에서 모리스 위트릴로, 디에고 리베라, 파블로 피카소 등과 교류하며 작품의 활기를 찾았다. 또한 미술품 거래상 폴 기욤의 소개로 조각가 콘스탄틴 브랑쿠시와 친구가 되면서, 유년 시절부터 동경해 온 조각에 더욱 깊이 빠져들었다. 이때부터 모딜리아니만의 개성 있는 인물 표현이 조각과 그림에서 나타나기 시작한다. 그렇다면 목이 길쭉하고 아몬드 형태의 눈을 가진 그만의 독특한 화풍은 어떻게 탄생한 것일까? 모딜리아니의 의식을 지배한 세계관은 다양하겠지만, 특히 아프리카 미술에 대한 관심이 그 시작점이었다.

당시 대중의 흐름은 변화하고 있었다. 미술뿐만 아니라 예술계 전반이 식상한 것보다는 새로운 것에 눈을 뜨고 있었다. 생생하게 묘사된 것이 떨어져 나와 본질에 다가가고, 자연으로 회귀하며, 인위적인 것이 아닌 원초적인 느낌. 사람들은 그런 것에 관심을 두기 시작했다. 그는 조각도 회화와 마찬가지로 독특한 형태의 인물을 깎고 부수며 다듬어 나갔다. 그렇게 조각가 모딜리아니로서 명성을 얻어갈 때쯤, 신의 반동이 일어난다. 조각하는 내내 들이마신 돌가루 먼지 탓에 폐가 망가지기 시작한 것이다. 결국 그는 더 이상 조각할 수 없는 지경에 이르자 살기 위해 망치를 내려놓고 다시 붓을 잡았다.

모딜리아니는 원래 인심 좋고 다정한 성품이었다. 가난한 형편이었음에도 주머니를 열어 남을 돕곤 했다. 사실 부르주아인 척했지만 너무나 가난했다. 그 호의를 잊지 않은 사람들이 모여 풍성한 인맥을 만들고 있었다. 어느 날, 친구들이 마련해 준 일생일대의 개인전 기회가 찾아왔다. 이 개인전으로 화가로서의 이름을 알리고 경제적 안정을 찾을 수 있을 거라는 기대에 부풀어 있었다. 간절함에 깃든 소망은 왜 늘 이상한 형태로 찾아오는 것인지.

갤러리에 전시할 그림을 걸어놓고 오픈하기만을 기다렸다. 그런데 별안간 경찰이 출동해 그림을 철거하라고 명령을 내렸다. 외부에서 보이도록 전시된 누드화 두 점이 사람들의 눈살을 찌푸리게 했고, 보다 못한 몇몇이 고소를 했다. 풍기 문란죄라는 것이다. 오 마이 갓!

신화 속 여인에게 익숙했던 동시대 사람들에게 그가 그린 누드화 속 모딜리아니의 나체화는 너무나 외설적으로 보였다. 매끈한 피부를 가진 '신적'인 여성의 몸이 아닌 체모를 그려 넣은 현실의 여성으로 표현되었기 때문이다. 어디서 많이 듣던 에피소드 아닌가? 에두아르 마네도 그랬다. 사람들은 작품이 아니라 포르노로 봤다. 아름다움과 외설 사이를 오락가락한 이 소란은 전시 기한보다 일찍 철수하는 걸로 마무리되었다. 왜 이렇게 되는 일이 없을까. 풀리는 일 하나 없이 상심한 그는 차츰 나약해져갔다. (후에 그가 죽자 그림 값이 천정부지로 올랐다는 사실. 그도 그 생각을 하면 억울해서 땅을 쳤을 것이다.)

그는 점점 마약과 술에 의지하게 되었다. 당시 사람들은 술주정뱅이는 용서해도 결핵 환자는 꺼렸기에, 그는 결핵을 숨기려 술과 담배, 마약으로 몸을 더 혹사했다. 피를 토하게 되더라도 술 담배 때문이라고 거짓말을 할 수 있었다. 가난을 면해보고자 초상화를 그려주는 대가로 술을 받기도 했지만, 그런 방탕한 삶 속에서도 결코 그림만은 놓지 않았다. 모든 것을 잃어가는 그에게 그림은 삶의 유일한 의미이자 살아가는 위안이었다.

그 잘생긴 외모로 수많은 여인을 만났지만 잔느 에뷔테른느는 모딜리아니를 진정으로 사랑했다. 미술학도였던 잔느의 부모님에게 모딜리아니를 반갑게 사위로 맞이하는 호의는 없었다. 수려한 외모는 온데간데없고 술과 마약에 찌든 30대 중반의 가난한 남자에게 어떻게 소중한 딸을 주고 싶겠는가. 그럼에도 잔느는 모딜리아니를 너무나 사랑한 나머지 집을 뛰쳐나와 그와 살림을 차렸다. 그때 그녀의 나이는 겨우 19살. 부모도 말리지 못한 젊은 남녀의 사랑 앞에 현실은 가혹했다. 첫아이가 생기고 신혼의 달콤함도 잠시, 가난 속에서 모딜리아니의 건강이 급격히 악화되었다. 즉석에서 그림을 그려주며 생계를 유지하는 일조차 버거웠다. 결국 땔감조차 구할 수 없을 만큼 가난했던 어느 겨울날, 그는 잔느를 친정으로 보내고 혼자 궁핍하게 지내다 36세의 젊은 나이로 세상을 마감했다. 홀로 남겨진 잔느의 슬픔은 감당할 수 없을 만큼 컸다. 그와 함께했던 생활이 그리워 멍하니 생각에 잠기는 시간이 많아졌고, 결국 외로움의 벽을 뚫을 수 없다고 여긴 그녀는 아파트 6층에서 투신하여 생을 마감했다. 배 속에 둘째 아이를 품은 채로.

많은 화가가 사후에 그림 값이 오르듯 모딜리아니도 예외가 아니었다. 런던이나 뉴욕 등. 파리 바깥의 큰 도시에서 독특한 분위기를 풍기는 초상화가 입소문을 타기 시작했다. 1922년 베네치아 비엔날레에 그의 그림이 전시되자 그림 값은 감당할 수 없을 정도로 치솟았다. 생전에 공짜로 줘도 안 가져가던 작품이 수천억 원에 낙찰될 정도로. 죽고 나서야 전설이 된 그다. 그런 아이러니의 삶, 그게 예술인지도 모르겠다.

그의 작품 속 인물들은 어디를 응시하는지 알 수 없는 눈을 가졌다. 현실을 떠나 눈에 보이지 않는 이상 세계를 꿈꾸는 듯하다. 그는 몇 점의 풍경화를 제외하고 20년 남짓한 작품 활동 내내 오직 사람만을 그렸다. 친구, 지인, 그리고 아내 잔느를 모델로 자신의 예술철학을 펼쳐 나갔다.

> "눈동자를 그려 넣지는 않았지만 내 그림 속 인물들은 세상을 볼 수 있다네. 삶에 대한 말없는 긍정을 표시하면서 말이야." (모딜리아니)

어디를 응시하는지 알 수 없는 눈에서 영원한 이상 세계를 꿈꾸는 듯, 신비롭고 감성적인 마음을 표현했다. 20세기 초에는 사람을 주제로 초상화를 그린 경우는 드물었다. 사진이 발명되고 나서는 형상에 치중할 이유가 없어졌다. 오히려 자유롭게 표현하고자 하는 예술가의 욕구가 커졌다. 과장된 목과 얼굴로 사람의 개성을 한껏 살리고 그 개성을 예술적으로 승화시킨 그다. 시대의 작업흐름에 휩쓸리지 않고 독자적인 그림 세계를 추구한 부분에서 높은 가치를 두는 화가다. 어쩌면 모딜리아니의 슬픈 죽음은 자신이 그린 인물의 분위기와도 왠지 모르게 닮았다.

〈모딜리아니〉 노란색 스웨터를 입은 잔 에뷔테른, 1918년,
캔버스에 유채,100×64.7, 미국 뉴욕, 솔로몬 R.구겐하임 미술관

〈모딜리아니〉 레 오폴드 즈보로프스키의 초상화, 1916년
캔버스에 유채, 65×43, 이스라엘 박물관

〈모딜리아니〉여인의 두상, 1911년경,
석회암, 58×12×16, 파리 국립 현대미술관

이것이 안 되면 저것으로 내 색깔을 찾아라

앙리 마티스

마티스는 1869년 프랑스 북동부 시골 마을 르카토 캉브레지에서 곡물상의 아들로 태어났다. 부유한 집안 분위기의 아버지는 아들이 법을 공부하기를 원했고, 이에 마티스는 변호사 자격증을 따고 법률 사무소에서 일했다. 한창 남부럽지 않은 생활을 하던 어느 날, 마티스는 배가 아팠다. 맹장염이었다. 병원에 입원해 수술하고 지루하게 일상을 보내고 있을 때였다. 무료한 시간을 보내는 아들에게 어머니는 물감 상자를 선물해 주었다. 젊은 마티스는 그 상자에 든 물감을 가지고 자유롭게 놀았다. 그것이 마티스의 삶을 바꾸게 될 줄 누가 알았겠는가. 후에 그는 이 상자를 파라다이스라 불렀다.

그릇이나 도자기에 그림을 그리는 부업을 했던 아마추어 화가인 어머니는 아들에게 다정했다. 냉정하고 무뚝뚝한 아버지와는 달리 마티스를 살뜰히 챙겼다. 마티스는 상자 속의 그림 재료를 사용하면서 그림에 대한 열망을 키워나갔다. 조금 더 자라면서 책을 가까이하던 마티스는 '회화론'을 접하고 그림 세계의

문을 결정적으로 두드렸다.

결국 마티스는 법률 사무소를 그만두고 미술학교에 입학했다. 진로를 바꾸기엔 너무 늦은 나이인 데다 미래가 보장되는 일을 그만두고 불안정한 세계로 뛰어든 마티스를 사람들은 꾸짖었다. 그도 혼돈의 시간이 있었을 터. 끝내 마음이 시키는 대로 밀고 나갔다. 자신의 굳건한 믿음 하나로 법조계에서 예술계로 뛰어든 그는 한마디로 뚝심 있는 사람이었다.

그런데 미술학교의 교육은 마티스의 예상과 달랐다. 아카데미즘에 속해있던 학교는 마티스가 추구하는 사상과는 맞지 않았다. 기본을 닦아 놓긴 했으나 자신이 표출하고 싶은 무언가에 훨씬 못 미치는 곳이었다. 그는 마음이 이끄는 대로 학교를 뛰쳐나왔고, 대신 루브르 박물관에서 대가의 그림을 연구하며 시간을 보냈다. 이런 마티스의 성실함을 누군가 보고 있었다. 바로 귀스타브 모로였다. 그의 눈에 띄어 개인 화실에서 가르침을 받게 된다. 사물을 있는 그대로 재현하기보다 피사체의 내면을 봐야 한다는 모로의 가르침이 마티스의 예술 의식을 더 크게 확장시켰다.

마티스는 '색채의 마술사'라 불린다. 20세기 초 '야수파'의 창시자로서 색채를 마치 야수처럼 거칠고 힘 있게 사용했다. 사물

고유의 색을 과감히 버리고, 강렬한 보색 관계의 색들을 제각각 동떨어진 느낌으로 채워나갔는데, 이는 그 당시 미술계에 상당한 충격을 주었다. 사물이 원래 가진 자연색이 아닌 그 사물을 보고 느낀 감정에 따라 색을 바꿔서 표현했다. 그러니까 사물의 색은 원래 있던 색이 아닌 작가의 색을 통해 재해석되어 나온 것이다. 고유색에 익숙한 사람들에게 얼마나 충격을 주었던지. 그래서 비난조로 부른 '야수'를 대표하게 된 말이다.

> "색채는 빛을 표현하는 수단이다. 하지만 그 빛은 현실에
> 존재하는 빛, 물리적인 현상으로서의 빛이라기보다는 화가의
> 머릿속에 있는 빛이다." (앙리마티스)

마티스는 긍정적인 감정을 작업에 적극적으로 활용했다. 일상의 즐거움, 평온한 감정, 유쾌함 등을 작품에 표현하곤 했는데, 그 당시 사회적 상황에 비춰보면 마티스가 얼마나 긍정적인 생각을 했는지 알 수 있다. 두 번의 세계대전을 겪는 동안 프랑스는 전쟁의 중심에 있었다. 동시대 라이벌이었던 피카소는 시대를 반영한 암울한 그림으로 환영을 받았지만, 마티스의 밝은 그림은 오히려 사회 현실을 외면한다고 비판 받았다. 자신만의 주관으로 어둡고 비관적 상황일수록 더욱 밝고 순수함을 담으려 애썼는데도 말이다.

2차 세계대전이 막바지에 이르며 모든 것이 나아지려던 찰나, 1941년 마티스는 대장암을 선고받아 다시 병상에 눕게 되었다. 몸은 더욱 쇠약해지고 여러 가지 합병증이 생겨 더 이상 해로운 유화물감으로 그림을 그릴 수 없게 되었다. 그림을 그리고 싶은 욕구에 이리저리 머리를 굴렸다. 그의 열망이 또 다른 미술 기법을 낳게 했다. 그는 캔버스에 다양한 색상의 구아슈[10]를 발라 가위로 오려내는 '컷아웃' 기법을 창안했다. 색은 더 자유로워지고 형태는 어린아이의 그림처럼 훨씬 단순해졌다. 젊은 시절 병상에 있을 때, 어머니가 주신 물감 상자로 화가의 길을 열어젖혔다면 노년의 이 새로운 기법은 거장의 반열에 확고히 올려놓은 셈이다.

마티스는 여행을 다니며 시야에 들어오는 모든 색을 잘 관찰했다. 지중해와 모로코를 여행할 때도 원색적인 색채를 흡수해 작업에 섬세하게 색을 풀어내곤 했다. 평생 색채의 신비를 탐구했고 색채의 마술사로 색채의 바다를 헤엄친 뒤 나이가 들어 내린 결론은 이랬다. "색은 단순할수록 우리의 감정에 더 강렬하게 작용한다."고 말이다.

---

[10] 물과 고무를 섞어 만든 불투명한 수채 물감

암 수술을 할 당시 의사에게 작품을 완성할 수 있게 3~4년만 더 살게 해달라고 했던 마티스. 그 후 13년 동안 자신의 개성 넘치는 미술 세계를 활보하며 만족스럽게 생을 마감했다.

과거, 미술 대학의 문을 열기 위해서는 데생과 수채화 실기라는 높은 벽을 넘어야 했다. 정확한 비례와 깔끔한 선, 색채의 조화를 시험기준으로 삼았다. 다른 또래에 비해 미술이라는 늦은 선택을 했었다. 마음이 촉박했고 불안이 찾아왔지만 후회 없는 인생의 대가라 여겼다. 고3이라는 무게는 필요 없는 시간을 스스로 잘라내는 성실함을 주는 시간이었던지. 오직 그림으로 하루를 채우는 것에 의심이 들지 않았다.

날짜가 임박할 때는 학원 실기실 사용을 허락 받고 친구들과 밤을 새우기도 했다. 촉박한 시간과 부족한 실력은 또래와 비교할수록 마음을 요동치게 했다. 소질을 앞세우기에는 현실의 벽은 높았고 그저 운에다 진로를 맡겨야 하는 순간이 왔다. 과정과 완성을 재차 반복하며 합격하고 싶은 열망을 불태우며 마지막까지 힘을 짜냈다. 합격! 다행히 만족할 만한 결과로 대학교 문을 밟았다.

대학은 고등학교 때와는 차원이 다른 미술 세계였다. 전문 모델 수업이 있는가 하면 입체작업과 판화작업까지 있었다. 회화

과에서는 다양한 그림의 세계를 접하도록 모든 것이 충만했다. 그곳에서 나는 활기를 얻었고 또래와 함께 미래의 화가로 나갈 채비를 꿈꿨다. 무지갯빛을 바라보는 우리들은 어리지만 또 용감했다. 젊음은 그 자체로 부가가치가 있는 법이니까.

하루 종일 과제를 해내고, 새로운 기법과 창작 기술을 호기롭게 공부하며 새로운 생활에 무르익을 때 쯤, 하루의 마무리는 친구들과의 수다로 채웠다. 젊은 생명체는 어둑한 저녁이 오면 다시 활기를 띠는 것인지 저마다 모임의 혈관을 따라 주점 앞으로 나섰다.

문을 열고 들어간 어느 주점 출입구에 걸린 '푸른 나부' 그림. 살색도 검은색도 아닌 강렬한 파랑이 이제 갓 타지에서 온 나의 가슴에 깊이 들어왔다. 시원하고 신비스러운 색채의 누드 그림은 그리 야하지도 천박하지도 않았다. 붓으로 그려낼 수 없는 강한 선이 여인의 곡선을 도드라지게 했다. 앞선 시대를 살았던 화가들의 삶을 공부하면서 배우고 익힐 것들을 마음에 새기곤 했는데, 저 그림을 그린 사람이 누구든 나도 개성 있는 그림을 그릴 것이라 다짐했다.

시간이 많이 흘렀다. 인생이라는 기차가 어딘가 오래 정차해 있음을 느꼈다. 돌아보니 나는 오랫동안 미동도 하지 않았고 내 의식은 굳어 뻣뻣해져 있었다. 지인들은 승승가도를 달리며 화가로서의 입지를 굳히고 있는 동안 나는 평범한 주부의 길을 걷고 있었다. 세상 밖 사람들의 성공이 SNS를 통해 여과 없이 비춰질 때면, 내 안에서는 혼란과 결심이 요동쳤다.

그동안 내가 끄적거렸던 그림들은 그저 액자 속을 채우기 위한 것이었을까. 아니면 거실을 꾸미기 위한 용도였을까. 계절이 바뀌듯 의구심이 주기적으로 찾아왔다. '나는 무엇을 그리고 있으며 내가 표현하고 싶은 나다운 그림이 무엇인가. 타인에게 조금이라도 도움이 될 만한 감동의 그림을 그리고 있는가'. 묵은 세포처럼 내 의식에서 일어나 주기에 맞춰 떨어져 나가면 좋으련만, 이 고민은 꽤 오랫동안 기미처럼 박혀 나를 흔들어 놓곤 했다.

늦었지만 다시 돌아왔다. 이제 타인의 거리는 견주어 보지 않기로 했다. 비교는 나의 장점조차 단점으로 만들어 버린다. 그 자체로는 맑은 색상이지만 섞이는 순간 탁해진다. 오직 나의 색, 어둡든 밝든 가장 높은 채도만을 바라보기로 했다. 그러나 꿋꿋하게 버텨온 시간에 가끔씩 날아드는 이물질 같은 잡념은 막을 수가 없었다.

몸이 노후화되듯 의식도 마찬가지 아닐까. 재생할 수 있는 의식 세포가 줄어드니 그림에 대한 활기도 감소했다. 차츰 그림 그리기가 두려워졌다. 도전하고 쟁취하며 활동적이던 나의 모습은 사라지고, 성과 없는 생활에 불안해하기만 했다. 다시금 지인들의 승승장구에 열패감이 몰려왔고, 자질 부족과 경제적 부실이라는 두 무게가 나를 옭아맸다. 나이가 주는 중압감에 청년 작가들의 위압감까지 겹쳐 마음이 튕겨 나가곤 했다.

　매너리즘이었다. 내 의식에 고정관념이 강하게 박혀있었다는 사실을 깨달았고, 틀에 박힌 방식에 변화가 필요했다. 쓰지 않던 색을 과감히 써 보는 것도 매너리즘을 탈출하는 방법이다. 정지된 관념에서 탈피해 누구도 시도하지 않은 자신만의 색 배열로 그림을 창조했던 것, 타인의 손가락질도 마다하지 않는 배포, 그런 마티스의 정신을 흡수하고 싶었다. 자신의 색깔로 인생을 채워나가라는 함축적인 의미가 내 의식으로 들어왔다.

　'이가 없다면 잇몸 정신' 또한 내 것으로 삼아야 할 덕목이다. 병마와 사회적 상황 등 포기할 만한 이유가 많았지만 그림을 좋아하는 그의 열정이 모든 장애물을 제거해 주었다. 그렇다면 내게 필요한 것도 결국 열정이다. 그리고자 하는 욕구가 꺼지지 않는 삶, 활활 타오르는 것들은 쉽게 꺼지니 잔잔히 데워주는 촛불 같은 화력의 갈망. 그런 것이 부족했다.

이제 세월에 희석되지 않고 빛에 바래지 않는 나의 순수한 색을 찾아 내 삶의 모퉁이를 채워보려 한다. 그것이 마티스의 삶에서 우리가 길어 올릴 수 있는 희망의 이미지다.

〈앙리 마티스〉 노란색 드레스의 여인, 1923년, 캔버스에 유채, 65.5×50.5, 개인소장

〈앙리 마티스〉 푸른 나부 2, 1952년, 과슈를 칠한 종이 오리기, 116.2×88.9, 퐁피두 센터

아름답지만 슬픈

에드가 드가

드가는 프랑스 파리의 은행 지점장인 아버지 밑에서 유복하게 자랐다. 대개 행복한 유년 시절은 부모와 함께할 때 완성되지만, 그는 동생을 낳다 세상을 떠난 어머니의 빈자리를 안고 성장해야 했다. 어머니가 계시지 않는다는 건 아이의 정서에 부정의 영향이 스며들 수 있다. 그런 아버지는 아내의 빈자리를 메우려 자주 아이들과 시간을 보냈다. 드가에게 가장 큰 예술적 자양분이 된 것은 어릴 적 아버지와 함께 루브르 박물관을 다니며 거장의 작품과 친숙해진 경험일 것이다. 미술품 수집가들을 만날 때도 아이들과 동행하며 일찍이 미술에 눈을 뜬 그는, 장남임에도 화가의 길을 걷겠다고 했을 때 아버지는 꿈을 펼칠 수 있도록 도와주었다.

1855년 명문 미술학교인 에콜 데 보자르에 입학했다. 학교의 가르침은 이탈리아 거장들의 작품을 연구하는 수업방식인데 아예 그는 프랑스 미술학교를 떠나 이탈리아 본고장에 직접 가서 그림을 배웠다. 부유했기에 가능한 일이다. 유학 생활 동안 고전주의 화가들. 특히 앵그르, 들라크루아, 쿠르베를 존경하며 회화의 기본기를 다져 나갔다. 실제 노년의 앵그르로부터 "좋은 화가가 되기 위해서는 선 연습을 많이 해야 된다."는 조언을 듣기도 했다. 그는 전통적 교육을 착실하게 받고 다시 파리로 돌아왔다.

프랑스 살롱전에 입선해 작가로서의 이름을 알리기 위해서는 신화, 역사화, 종교화를 그려야 했다. 드가도 초기에는 전쟁 장면이나 신화적 주제를 열심히 그렸다. 그러나 그런 그림을 그릴수록 자신의 구미에 맞지 않는다는 것을 알았다. 루브르 박물관에 들어가 거장의 작품을 따라 그리며 자신의 스타일을 연구하던 중 우연히 마네와 조우하게 된다. 마네는 인상파 화가들을 소개하면서 빛에 의해 시시각각 변하는 자연의 모습을 담은 그림 세계를 보여주었다. 그러나 드가는 풍경화가 지루하게 느껴졌다. 야외에서 그리는 그림은 그다지 설레게 하지 않았다. 그즈음 드가는 시력이 무척 나빠졌다. 36세 때 프랑스-프로이센 전쟁에 참전하면서 사격 연습 중 시력 저하가 왔고, 이는 화가에게 치명적인 제한이 되었다. '잘 보는 능력'이 무엇보다 중요한 화가로서 그는 눈부신 야외 대신 실내로 눈을 돌렸다. 정기적으로 파리의 오페라하우스를 방문하면서 무용수를 그리기 시작한 것이다. 데생의 선을 중요시하는 드가에게 발레는 더 없이 매력적인 소재로 다가왔다. 이를 통해 그는 남들이 보지 못하는 낮은 계층의 삶을 조명하기 시작했다.

당시 파리는 어둡고 지저분한 도시를 재정비해 산업과 문화의 중심지로 거듭나게 하는 변화의 도시로 자리매김하고 있었다. 산업화가 이루어지면서 사람들이 북적거렸고, 예술 문화를 향유하려는 부르주아들이 먹잇감을 찾듯이 몰려들었다. 돈과 여유가 생긴 부자들은 새로운 향락을 추구하고 있었고, 사회는 서서히 있는 자와 없는 자의 계급으로 나눠지기 시작했다.

벨 에포크[11] 시대의 이면을 들여다보면 향락을 위해 존재했던 무희들과 노동으로 생계를 잇는 노동자의 피곤한 삶이 박혀있다. 아무렇게나 널려 있어도 보지 못하는 눈이 대부분인 시절, 드가는 있는 그대로의 사회를 필터링 없이 화폭에 담았다. 그래서 그의 그림은 아름답지만 슬프고, 밝지만 어둡다. 강력한 대비 요소가 서린 그의 작품에는 사회 고발적 메시지가 깊게 스며 있다.

---

[11] 벨 에포크 시대: 19세기 말부터 제1차 세계대전이 발발하기 직전인 1914년까지 약 40년간을 말한다. '아름다운 시절'의 프랑스어로 평화와 번영을 누리며 눈부신 기술 발전과 예술적 혁신을 경험한다. 사회 전체가 풍요로움과 낙관적인 분위기로 중산층이 성장하고 여가 문화가 발달하였다.

드가는 순간 포착의 재능이 뛰어난 화가였다. 선을 중요시하며 데생 실력을 키웠던 역량이 작품 속에 그대로 드러난다. 스냅사진을 찍듯 순간적인 움직임을 잘 포착해 생동감을 주며, 인물의 자연스러운 자세와 동작을 연구하듯 그려냈다. 앵그르의 조언대로 선을 탁월하게 구사했던 그는 인체의 매끄러운 실루엣을 파스텔로 표현하며 부드러우면서도 역동적인 에너지를 담아냈다.

그는 평생 독신으로 살았다. 왜 결혼하지 않느냐는 사람들의 질문에 그는 "사랑은 사랑으로, 그림은 그림으로 남는 것, 인간이란 오직 한 가지만 사랑할 수 있을 뿐"이라며 자신의 독신을 합리화했다. 사실상 그는 그림과 결혼한 셈이다. 그가 가진 미술적 재능에 시대를 직시하는 통찰력이 더해져, 그의 작품은 우아함 속에 슬픔을 간직하게 되었다.

타락한 부르주아 문화를 고발하고 하위 계층의 노동에 포커스를 맞춘 드가. 어쩌면 그가 독신이었기에 타인의 아픔을 더 예리하게 포착할 수 있었던 것은 아닐까. 여성의 눈으로 사회의 섬세함을 담아낸 그는 두 개의 시선을 가진 화가였다. 그의 필터링 없는 정직한 시선, 그것이 곧 그 시대에 가졌던 용기였다.

〈에드가 드가〉 발레 교습, 1871~1874년경, 캔버스에 유채, 85×75, 오르세 미술관

〈에드가 드가〉 오케스트라석의 악사들, 1872년경,
캔버스에 유채, 69×49, 슈테델 미술관

장애? 그게 뭔데?

앙리 드 툴루즈 로트레크

한껏 기다려 온 날이다. 공을 들여 화장하고 평소에 끼지 않던 액세서리로 멋을 부렸다. 머리에 큼직한 웨이브도 넣고 아끼는 가방까지 꺼냈다. 조금 더 밝게, 그리고 빛나게……

달력에 동그라미 쳐 둔 날은 그 한주 내내 나를 설레게 한다. 피부에 바르는 물감으로 주름을 지우고 앳된 모습의 마법을 빌린다. 외출은 너무 잦아도 그 가치를 잃어버리는 법. 잊은 듯 지내다 설렘의 장소로 향하는 시간은 내게 소소한 활기를 준다.

햇살을 가득 머금은 얼굴로 서로를 맞이했다. 기쁨의 방향은 위로 올라가는 것인지. 입꼬리와 눈꼬리 모두 하늘을 향하고 있다. 이야기보따리를 풀어내는 순간, 지나간 시간들이 화질 좋은 사진처럼 생생한 묘사를 안고 마구 쏟아져 나왔다. 보지 못했던 순간들이 애틋함이 되어 웃음소리가 음향으로 깔리는데….

그런데 내 귀는, 그 시간을 시위하듯 소리를 제대로 받아주지 않는다. 아주 평범한 소리 말이다. 뛰어난 청각을 가진 박쥐도 아니고 예민한 고양이도 아닌 그저 아무런 힘을 들이지 않고 듣는 사람의 귀. 나는 그 감각 하나를 잃어 버렸다. 소리로 전달되는 궁금하고 반가운 이야기를 제대로 흡수하지 못한다. 큰 공간에서 울려 퍼지는 재미난 이야기들은 가끔 내게 외계어처럼 흩뿌려지고 만다.

부족한 것에 대한 원망은 화가 되었다가, 우울이 되었다가, 포기가 되었다가, 이내 다시 화가 된다. 마음이 롤러코스트를 타며 어울림의 원심력을 벗어난다.

'나는 왜 잘 듣지 못하는 운명을 가져야만 하지? 왜…?'

시간이 지날수록 반듯했던 마음이 일그러졌다. 신선도가 떨어지는 생선처럼 처음의 반가움이 금세 상해버렸다. 여럿이 합창하듯, 들릴 듯 말 듯 이야기 속에 홀로 먼 산 바라기가 된다. 군중 속에서 고독을 지키는 의연함은 그리 오래가지 못한다. 제아무리 인내력의 달인이라도 말이다. 맛있게 꺼내준 이야기지만 내가 맛을 보지 못하는 순간이다. 배가 고파 짜증이 나는데 박제된 음식을 보고 있어야만 하는 상황. 소리 없는 영화는 그저 지루할 뿐이다. 이 자리를 벗어나는 게 뾰로통한 내 마음을 달랠 수 있을 것 같았다.

'야, 어제오늘 일도 아니면서… 너 참 예민하게 군다.' 마음과 대화를 하며 타인 하나를 불러왔다. 주인과 관객 하나. 서로 답 없는 연극을 하며 가열된 마음을 조금씩 식혀본다. 혼자 거리를 터벅터벅 걸으며 생각에 잠겼다. 강산이 앞구르기를 다섯 번이나 하는 동안 다 적응했다고 생각했는데 순간순간 흔들리는 내가 보였다. 마음을 다치지 않는 길은 혼자 고독을 즐기는 것이라지만 그럴 수 없는 날이 참 많은 요즘이다. 혼자서는 살 수 없는 이 세상에서, 오늘은 그냥 좀 등을 돌려 울고 싶은 날이다.

감각 하나가 부족하다는 것은 삶의 질이 떨어지는 일이다. 생명에 지장을 주지는 않으나 일상의 감정에 지장을 준다. 가슴 중앙에 마르지 않는 샘물 하나가 무채색으로 놓여있다. 함께 섞이고 싶지만 의도치 않게 분리되는 삶에 익숙해져야 한다고, 그래야만 한다고 내 마음에게 다시 조언한다. 주문처럼 간직하는 말 하나가 있다. 신은 더 많은 것을 경험하라고 내게 독특한 인생을 배정해 준 게 아닐까, 라고.

1864년, 프랑스 알비 마을에서 앙리 드 툴루즈 로트레크가 태어났다. 그는 알비 지방을 지배하던 백작 가문의 후손이었다. 당시 이 가문은 혈통을 지키기 위해 근친혼을 전통처럼 이어오고 있었는데, 로트레크의 부모 역시 사촌지간이었다. 근친혼은 운이 나쁘면 자녀에게 유전질환이 생길 수 있다. 아니나 다를까

비운은 로트레크를 비켜나지 않았다. 금수저로 태어났으나 뼈가 약했던 그는 청소년기에 두 다리를 다치면서 키가 더 이상 자라나지 않았다.

아버지는 '난쟁이' 같은 장남이 못마땅했다. 수치스럽고 부끄러웠다. 귀족의 상징인 사냥과 승마를 할 수 없게 된 로트레크는 고독과 친해질 수밖에 없었고, 그 외로움을 달래기 위해 그림을 그리기 시작했다. 창밖으로 보이는 생동감 넘치는 풍경을 묘사하거나 자신이 스스럼없이 다가갈 수 있는 동물을 화폭에 담았다. 어머니는 그런 아들의 재능을 알아보고 그림 선생을 붙여주며 지지했다.

동물 외에 누구에게도 마음을 열지 않던 로트레크였지만, 청각이 불편한 그림 선생에게만은 예외였다. 자신과 닮은 '결핍의 운명'을 느꼈기 때문일까. 그는 스승에게서 그림의 기초를 배운 뒤, 가문을 떠나 홀로서기를 시작했다.

당시 파리 북부 몽마르트 언덕에 빨간 풍차라는 의미의 '물랑루즈' 카바레가 오픈했다. 비교적 평화로운 시대에 들면서 신분과 재산에 관계없이 다양한 사람들이 춤과 공연을 즐기려 이곳으로 모여들었다. 150센티를 겨우 넘긴 키에 지팡이를 짚고 뒤뚱거리듯 걸어야 하는 그의 장애가 사람들 눈에 어떻게 보였을까. 로트레크는 바에 앉아 자신의 결함을 위무하듯 생동적이고 역동적인 남녀의 모습을 드로잉했다. 인물의 특징을 정확히 파악하고 빠르게 그려내는 그의 능력이 차츰 인정받기 시작했다. 그때, 부유한 귀족 집안에서 독립했으니 생계를 위해서 물랑루즈 공연을 포스터 형식으로 제작하는 일을 시작했다.

물랑루즈에서 로트레크의 예술 세계는 더욱 견고해졌다. 화려한 무대 뒤편, 화장기 없는 민낯 같은 소외된 이들의 삶으로 시야가 확장되었다. 남들이 보지 못하는 어두운 세계에 애정 어린 공감으로 다가갔다. 바로 매춘부의 일상에 주목한 것이다.

매춘부의 일상을 그림 소재로 삼으면서 사람들에게 손가락질을 당했다. 그는 왜 다른 화가들처럼 화려하고 멋진 소재를 선택하지 않았을까. 매춘부는 당대 사회에서 인정받지 못한 하층민이지만 그들은 로트레크를 편견 없이 대해준 유일한 사람들이었다. 비록 거친 삶이었으나 그 안에는 따스한 인간미가 있다는 것을 로트레크는 알았다. 아주 가까운 곳에서 그들의 삶을 섬세하게 풀어나갔다. 귀족사회에서 느꼈던 이질감이 그를 가장 낮은 곳의 일상으로 이끌었던 셈이다.

"내 다리가 조금만 더 길었더라면, 나는 그림을 그리지 않았을 것이다."

그의 짧은 다리와 왜소한 체구는 세상의 차가운 눈초리를 견뎌내야 했던 상처였다. 완벽한 신체 조건과 가문의 전통 속에 머물렀다면 그는 결코 예술가로서 세상을 바라보지 않았을 것이다. 자신의 결핍을 그림으로 끌어들였고, 사회에서 소외된 결핍된 삶을 살아가는 누군가를 보며 모델로 삼았다. 37년 인생, 그의 다리만큼 짧은 생애 동안 그는 5,000점의 그림을 그리며 누구보다 튼실하게 예술혼을 남겼다.

신체적 장애에 대한 원망과 분노, 그리고 체념적 받아들임은 그의 그림에서 캐리커처처럼 표현되기도 했다. 큰 몸통에 짧은 다리를 비유한 커피포트. 팔다리가 유난히 짧게 표현된 드로잉은 자신의 결점을 달관한 웃음으로 승화시켰다.

사람의 특징을 찾아 빠르고 능숙하게 그려내는 그의 능력은 미술사에 남을 독특한 방식의 포스터를 제작하면서 그를 파리의 유명인으로 만들었다. 그가 추구한 방향은 현대미디어아트의 거장이라고 불릴 만큼 획기적인 제작이었다. 일본의 목판화 우키요에의 영향을 받아 단순하면서 강력한 인상을 주는 포스터 제작법은 오늘날까지 많은 영향을 주고 있다. 그것은 자신의 결점을 인정하고 존재감을 드러내는 최고의 방법이었다.

같은 장소를 보고 드가가 물랑루즈의 화려함을 그렸다면, 로트레크는 그 화려함 속에 어울리지 못하는 어두운 이면의 사람들에 집중했다. 아마도 소외당한 자신의 마음 한편을 대변하고 있었기 때문일 것이다. 완벽한 몸이었다면 이런 독특한 시선도 갖지 못했을지도 모른다.

로트레크는 비록 자신이 완벽하지는 않아도 사람들과 교류하기를 즐겼고, 어떠한 유파에도 얽매이지 않는 자유로움을 가졌다. 화려함과 저급함 이면에 숨겨진 인간 본질의 애환을 품어내었기에 당대 사회에 잘 스며들며 본인의 장점을 마음껏 뿜어내었다. 그는 하나의 장점으로 장애를 넘어설 수 있는 힘을 길렀다. 그가 세상을 긍정으로 보기 시작하자 자신의 결점은 눈에 띄지 않는다는 것을 이미 알았던 것이다.

그림으로 인정받고 사람들과 잘 어울렸으나, 술에 너무 집착했다. 알코올 중독에 의한 뇌졸중으로 반신불구가 된 그는 고향에 계신 어머니 품에 의존하다 그곳에서 잠들었다. 그의 나이 겨우 서른일곱. 끝까지 아들을 믿어준 어머니는 그의 그림이 후대에 가치를 발휘할 것이라 생각해 고향에 기증했다.

"인간은 추하지만 인생은 아름답다" (앙리 드 툴루즈 로트레크)

인생은 아름다웠노라고 삶을 결론지었다면 그는 참으로 잘 살았다. 완벽한 신체에 아무리 많은 것을 가졌어도 인생이 아름답지 않다고 말하는 이들이 얼마나 많은가. 운명은 선택할 수가 없다. 태어날 때 부모를 선택할 수 없듯이, 신이 랜덤으로 쥐어주는 삶 위에서 인생의 기초공사를 시작해야 한다. "하나의 문이 닫히면 또 다른 문이 열린다."는 헬렌켈러의 명언처럼 로트레크는 '뛰어난 그림 실력'이라는 문을 열고 화가로서의 삶을 영위했다. 그 과정에서 겪었을 차가운 시선과 서러움은 오히려 그를 세상과 비범하게 어우러지게 하는 기폭제가 되었을 것이다. 나아가 독특한 시선을 품게 한 그의 가치관과 성실함이 그를 거장의 반열에 올렸으니 참 다행스러운 일이다.

비슷한 아픔을 짊어지고 살아가는 사람들을 만나면 할 이야기가 많아진다. 서로의 공감대가 비슷하기에 너의 이야기가 곧 나의 이야기가 된다. 아픔과 역경의 순간은 모두에게 그리 다르지 않다. 그렇기에 우리는 타인의 이야기에 귀를 기울이게 된다.

자신의 운명을 참 잘 다뤘군요. 로트레크 씨!
장애를 개의치 않고 인생을 멋지게 항해한 당신의 삶에 경의를 표합니다.

〈툴루즈 로트렉〉디방 자포네, 1892년~1893년,
종이에 채색 석판화, 80×60, 오르세 미술관

〈툴루즈 로트렉〉물랑 루즈의 춤-라굴뤼, 1895년,
판지 위 오일, 298.5×271, 오르세 미술관

〈툴루즈 로트렉〉

　　캔버스에서 얻은 삶의 공식

전쟁, 치가 떨리는

케테 콜비츠

케테 콜비츠는 1867년 프로이센 쾨니히스베르크 (지금의 러시아 칼리닌그라드)에서 태어났다. 당시 여성은 교육을 뒤로 하고 가사와 육아를 담당해야하는 보수적인 존재로 여겨졌다. 다행히 부르주아 집안 출신의 진보적 의식을 가진 아버지 덕분에 케테는 정규 교육을 받으며 성장할 수 있었다. 미술 교육을 받고 싶었으나 여자라는 이유로 전문 예술 아카데미에는 입학할 수 없었다. 열여덟 살이 되어 그녀는 베를린으로 건너가 베를린 여성 예술학교에서 본격적으로 미술을 공부하게 된다. 그곳에서 '현대 독일 판화의 아버지'라 불리는 막스 클링거의 저서 『회화와 판화』를 접하며 점차 판화작품에 관심을 가지게 된다.

케테는 현실과 동떨어진 화려함이나 비싼 재료 때문에 대중이 다가가기 힘든 유화를 뒤로하고 목판화, 석판화, 조각에 관심을 두었다. 어린 시절 항구도시 노동자들의 실상을 유심히 지켜본 영향이었을까. 초기 작품의 소재로는 노동자에 초점을 맞추었다. 그녀는 자신의 그림이 차별받는 여성과 노동력을 착취

당하는 사람들을 위해 쓰여야 한다고 생각했다.

게르하르트 하웁트만의 희곡 〈직조공〉을 접하게 되면서 자신의 신념이 더욱 확고해졌다. 노동력을 수탈당한 직조공들의 봉기와 실패를 담은 연극은 당시 산업화의 영향으로 기계가 사람의 일을 대체하며 가난에 허덕이던 당시의 비참한 실상을 여실히 보여주었다.

5년에 걸쳐 〈직조공들〉의 연작 6점을 제작했다. 온전히 약자의 시각에서 그들을 대변했다. 그녀의 작품은 비참한 노동자의 처지를 담은 사회 고발적 메시지가 들어 있다. 대중은 그녀의 그림에 차츰 관심을 가지기 시작했다. 그러나 제국의 권력자들은 사회를 비꼬는 태도의 그런 그림을 불편해했다. 어디든 안티는 있는 법이니까.

그림에 매진하는 와중에도 케테에게 사랑이 찾아왔다. 18세 때 그림을 배우러 오빠가 머무는 베를린에 왔다가 오빠의 친구인 칼 콜비츠를 만난다. 아주 많이 닮은 취향과 의식이 그들을 서로 사랑하게 만들었다. 의대생인 칼은 자신의 의료지식을 가지고 공익을 위해 사용하고자 했다. 베를린 노동자들이 밀집해 있는 곳에 자선병원을 세우고 무료 진료를 이어갔다.

두 사람은 결혼하여 1892년 첫째 아들 한스를 낳았고, 5살 터울로 둘째 아들 페터를 얻는다. 결혼 후에도 케테는 작업에 열중하며 평온한 생활을 이어갔다. 그러다 1914년 제1차 세계대전이 발발하면서 그녀의 삶에 크나큰 충격이 찾아왔다.

둘째 아들 페터가 군 자원 입대를 신청한 것이다. 부모는 아연실색하며 말렸다. 그러나 학교와 사회는 독일의 권익을 위해 희생할 각오를 세뇌하듯 가르쳤기에 아들의 섣부른 판단을 제어할 수 없었다. 전쟁터에 아들을 보내고 긴장 속에 살아가던 어느 날, 그녀의 일기장에 단 한 줄의 문장이 적혔다.

"당신의 아들이 전사했습니다."

아들의 죽음은 고요하던 케테의 삶을 흔들어 깨웠다. 이전의 작품들이 대의를 위해 싸웠다면, 이제 그녀는 전쟁의 참상에 울부짖기로 다짐했다. 전쟁으로 사랑하는 아들을 잃은 그녀의 마음을 우리가 감히 상상이나 할 수 있을까. 세상이 꺼지는 듯한 슬픔과 빛 없는 어둠이 그녀의 마음을 잠식했다.

그녀는 〈전쟁〉, 〈지원병들〉, 〈부모〉를 작품에 녹여내면서 전쟁의 슬픔과 참혹함을 외쳤다. 사람을 빼앗아가고 사회를 혼란에 빠지게 한 전쟁, 학교가 전쟁의 인력을 세뇌하고 성직자들이 전쟁을 옹호하는 세상. 그것에 치가 떨렸다. 전쟁으로 부모를 잃은 아이들의 눈빛을, 터무니없는 물가 상승으로 가난의 굴레를 못 벗어나는 절박함을, 자식을 잃은 비통함을 흑백의 목판화, 석판화, 조각으로 형상화하며 울부짖었다.

그녀는 결코 나약해지지 않았다. 정신을 가다듬고 국가의 폭력에 대항했다. 1920년 나치의 세력이 급성장하자 예술가들을 모아 반 나치 운동에 앞장섰다. 정권을 거머쥔 나치는 눈에 거슬리는 예술가들의 작품을 '퇴폐미술'이라 여기며 대대적 탄압을 가했다. 독일 내 전시를 금지하고 여성 인권마저 박탈하기도 했다.

그렇게 시간이 흘러 케테의 염원에도 불구하고 1939년 제2차 세계대전이 일어났다. 이번에는 아들의 이름을 물려받은 손자가 전쟁에 참여하게 되었다. 그리고 얼마 후 또다시 전사 통지서를 받게 된다.

그녀는 살면서 두 번의 전사 통지서를 받았다. 사랑하는 아들과 손자를 잃고서 더 큰 비탄에 젖는다. 그녀는 1942년, 있는 힘을 다해 〈씨앗들이 짓이겨서는 안 된다〉를 유언과 같은 작품으로 남겼다. 다시는 아이들을 전쟁에서 죽게 하지 않겠다는 굳은 의지의 표현이다. 두 번의 전쟁으로 두 명의 아이를 잃은 그녀는 자신이 직접 경험했기에 핏줄 같은 선명한 메시지를 남길 수 있었다.

개인적인 비극으로 시작되었으나 자신의 재능을 전쟁을 막기 위한 예술로 바쳤다. 케테의 삶은 사회에 크게 기여했다. 평화와 자유를 깨우고 부조리에 맞선 그녀의 노력은 독일 예술계를 묵상하게 한다. 아들을 잃은 슬픔에서 시작해 결국은 사회와 국민을 위한 모성애를 발휘하고 인류의 고통과 아픔을 끊임없이 보듬었다.

1945년 제2차 세계대전 종전을 불과 2주 남겨놓고, 그녀는 77세의 나이로 눈을 감았다.

"구제 받을 길 없는 사람들, 상담도 변호도 받을 수 없는 사람들, 정말 도움을 필요로 하는 사람들에게 한 가닥 책임과 역할을 다하고 싶다." (케테 콜비츠)

그녀의 말소리는 곧 자신의 작품세계에서 묵직하게 흘러나왔다.

독일 베를린 노이에 바헤(전쟁과 독재 희생자를 위한 독일 연방 공화국 추모관)에 케테 콜비츠의 '피에타' 조각상이 있다. 1993년 조각가 하랄트 하케가 피에타를 4배 크기로 확대해 설치한 것이다. 조각상 위의 천장은 원형으로 뚫려 있어, 비가 오면 고스란히 비를 맞고 눈이 오면 눈이 쌓인다. 찬바람과 먼지를 그대로 맞으며 앉아 있는 그 조각상의 모습은 온갖 풍파를 겪어야 했던 희생자들의 운명과 닮아 있어 절로 고개가 숙여진다. 그녀의 고군분투가 우리 마음속에 오래도록 남아, 전쟁이라는 단어가 이 세상에서 영원히 소멸되었으면 한다. 꼭 그럴 것이다.

〈케테 콜비츠〉 희생, 1922년, 목판화, 37.1×40.2, 케테 콜비츠 미술관

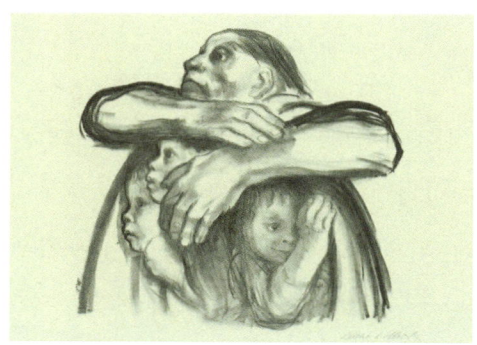

〈케테 콜비츠〉 씨앗들이 짓이겨져서는 안 된다, 1941년,
석판화, 37.3×39.5, 케테 콜비츠 미술관

〈케테 콜비츠〉 피에타-죽은 아들을 안은 어머니, 1937년~1938년,
청동, 높이 1.5m, 노이에 바헤

빛과의 싸움, 내가 이겼다

클로드 모네

시대가 변하면서 사람들의 인식에도 변화가 찾아왔다. 그림은 그 시대의 변혁을 가시적으로 보여주는 증거물이다. 법과 규율만 그런 것이 아니다. 새로운 것들에 대한 항의는 그 파편이 크며, 구와 신이 충돌해 구가 자리를 내어주기까지 의식의 개혁은 수많은 구습을 무너뜨린다. 그 폭풍의 중심에서 앞장서는 이들이 있다. 험난한 풍파를 온몸으로 맞닥뜨리며 타인의 의식을 재정비하는 과정에서 수많은 비난과 조롱을 감내한다.

19세기 이후, 우상화된 신들을 상상으로만 그려내는 그림의 시대는 저물었다. 의식의 물갈이가 시작되었다. 산업화로 인한 사회의 급진적 발달은 미술적 사상에도 변혁을 일으켰다. 단순히 눈으로만 보는 것이 아닌, 인간의 감정이 그림에 투영되기 시작한 것이다. 그 시발점에 인상주의자들이 있었고, 모네는 그들의 선봉에 서서 인상주의를 주도했다. 120여 년이 지난 오늘날, 이 아름다운 인상주의자들의 작품을 보고 있으면 그림 한 점이 주는 평안과 위로가 배경음악처럼 스며든다. 당시의 날카로운 시선들을 미술이론에 대입해 본다면 '완벽한 보색대비'라 할 만하다. 야유와 비난 속에 피어난 그림이기에 더욱 찬란한 빛을 발하는지도 모른다.

빛을 그리는 화가 모네의 일생을 들여다보자. 1840년 프랑스 파리에서 태어났지만, 영국 항구도시인 르아브르에서 어린 시절을 보냈다. 유년의 풍경들은 모네의 감수성을 키우는 자양분이 되었을 것이다. 이 아이 또한 그림에 소질을 보였다. 단순히 잘 그리는 것을 넘어 인물의 특징을 정확히 파악하고 자유자재로 강조하고 생략하는 기술 또한 남달랐다. 그러니까 캐리커처에 능숙해 주변 사람들을 깜짝 놀라게 했다.

어린 소년이었지만 장사 수완 또한 보통이 아니었다. 당시 일반 노동자의 일급이 5프랑 정도였는데, 그는 캐리커처를 그려주고 10~20프랑의 대가를 받기도 했다. 그림은 좋아했지만 학업은 지루했다. 산과 들로 나가 자연을 눈에 담으며 자유로운 시간을 보내는 것이 그의 일상이었다.

어느 날, 풍경화가 외젠 부댕이 모네의 그림 솜씨를 알아보고 그의 첫 번째 스승을 자처했다. 모네는 부댕에게 부지런히 가르침과 조언을 받았다. 기술적인 부분뿐만 아니라 그림을 대하는 기본 자세를 배우며 기초적인 화법을 채워나갔다. 그러다 두 번째 스승인 네덜란드의 풍경화가 요한 바르톨드 용킨트로부터 빛을 분석하고 표현해 내는 기법을 익혔다. 예술가의 눈을 틔워 준 진정한 거장이라며 그는 두 번째 스승을 극진히 따랐다.

성공하려면 파리로 가라는 부댕의 조언으로 19살에 파리로 향했다. 당시 파리는 왕립아카데미와 살롱전이 막강한 권위를 차지하고 있었다. 기존의 관습이 딱딱하게 굳어 있는 곳이었지만, 이름을 알리고 화가의 길을 걷기 위한 재능이 뛰어난 사람들이 구름처럼 모여든 곳이다. 완고한 기성 화단에 모네는 그저 '철없는 애송이'로 보였을까. 살롱전과 시대적 분위기에 함몰된 채 모네는 번번이 낙선의 고배를 마셨다. 사물은 고유한 색채를 지녀야 하며, 작품은 깊이 있는 서사적 내용을 담아야 한다는 당대의 고정관념을 깨기란 쉽지 않았다. 그는 현실과 이상 사이의 기우뚱한 무게 중심에 자주 눌리곤 했다.

하지만 모네가 살롱전에 순탄하게 입성했다면 후대의 빛나는 성과도 없었을 것이다. 그는 무거운 현실에 맞서 뜻을 같이하는 화가들과 미술협회를 만들고 전시를 열었다. 그의 작품을 면전에서 비난하는 사람도 여전히 존재했다.

유명 평론가 루리 르루아는 "그리다 만 벽지도 이 그림보다 완성도가 높은 것"이라고 혹평을 쏟아냈다. 모네가 그린 〈인상, 해돋이〉는 해가 막 솟아오르는 붉은 찰나의 인상을 놓치지 않으려 재빠르게 그린 작품이다. 정확한 형태가 아닌, 빛에 의해 시시각각 변하는 사물의 아름다움을 포착하려 했던 것이다. '인상주의자들의 전시회'는 원래 부정적인 의미의 별칭이었으나, 그들은 이를 자연스럽게 받아들였다. 무관심보다는 악담이 낫다는 마인드로 대세에 유연했다.

호기롭게 프랑스 미술계에 발을 디딘 모네는 그곳에서 운명적인 인연을 만났다. 자신의 모델이 된 '카미유 동시로'와 결혼하여 아들 '장'을 얻는다. 그의 작품 곳곳에는 사랑하는 아내와 아들이 자주 등장한다. 초기에는 지독하게 가난했으나 작품이 인정받기 시작하며 삶도 점차 여유로워졌다. 무엇이든 영원한 것은 없다고 했던가. 평생 남편의 모델이 되어준 아내 카미유는 골반에 생긴 종양으로 32세에 젊은 나이에 생을 마감한다. 모네는 카미유가 떠난 쓸쓸한 공백을 견디며 재혼하게 된다. 그런데 얼마 뒤, 아들 '장'마저 엄마를 따라 하늘로 떠난다. 사랑하는 이들이 하나둘 곁을 떠나는 두려움과 슬픔이 엄습해 오자, 모네는 들이닥치는 슬픔을 지우려 더욱 그림에 몰두했다.

가난했던 젊은 시절, 모네가 꿈꿨던 소망 하나가 있었다. 나중에 큰돈을 벌면 지베르니에 집을 마련하겠다는 다짐이었다. 카미유가 떠난 후 정신적으로 황폐해졌을 때, 그는 노르망디 지베르니로 이사해 정착하며 안정을 찾았다. 로망을 실현하는 일은 몸에 생기를 돌게 한다. 여섯 명의 정원사가 있었음에도 그는 몸소 정원 일을 하며 자신의 정원에서 예술적 영감을 얻었다.

처음엔 가난에 시달렸고, 나중엔 가족을 잃은 아픔을 지우려 애썼던 모네에게 시련은 또다시 찾아왔다. 백내장으로 시력을 거의 잃게 되어 앞을 제대로 볼 수 없게 된 것이다. 어스름하게 빛만 겨우 보이는 상태에서도 그는 붓을 놓지 않았다. 아무것도 볼 수 없게 되기 전에 모든 것을 그리고 싶다는 열망이 암흑 속에서도 붓을 쥐게 했다. 이때 탄생한 〈수련〉 연작이 250여 점에 달한다. 그는 태양이 뜨기 시작하는 순간부터 해가 질 때까지 온종일 빛을 응시하면서 작업했다.

"모네는 신의 눈을 가진 유일한 인간이다"라고 세잔은 말했다. 신의 눈을 가졌지만 그 대가는 참혹했다. 화가가 앞이 보이지 않는 상태에서, 음악가가 귀가 들리지 않은 채 무언가를 창조해 내기란 쉬운 일이 아니다. 가슴 깊숙한 곳에서 스팀처럼 올라오는 창조적 예술 행위가 그를 위대한 화가의 반열에 올려놓았다.

똑같은 대상을 수없이 반복해서 그려내는 그의 능력은 경이

롭기까지 하다. 똑같은 것 두 점만 그려도 반복적인 지루함이 싫을 수 있는데 모네는 '그런 것 개나 줘 버려'다. 오직 빛에 의해 시시각각 변화는 사물을 새로운 눈으로 끊임없이 바라보며 화폭에 옮겼다. 아무도 보지 못한 황홀한 빛의 세계를 탐색하고 형형색색의 물감을 풀어놓았다. "그림자는 무조건 검정에 가까워야 한다"는 암묵적 공식을 깨뜨리고, 빛의 반대편에 있는 어둠 속에서도 화사한 색채를 찾아낸 것이다. 그의 예리한 시각과 마음의 감각으로 말이다.

임종을 맞이한 카미유의 모습을 찰나에 그려낸 그림도 있다. 복잡하고 미묘한 슬픔 속에서도 붓을 놓지 않았던 그를 두고 사람들은 차갑고 냉정한 사람이라며 비난하기도 했다. 하지만 그는 꺼져가는 시야 속에서도 더 열렬히 그렸던 화가였다. 그에게 '그린다'는 것은 찰나의 순간을 조금 더 오래 붙잡고 싶은 열망일 것이다.

86세, 죽기 1년 전까지 지독하게 그림을 그리다 떠난 모네. 지금 그의 〈수련〉과 〈건초더미〉, 〈루앙 대성당〉이 화려한 빛을 머금고 사람들의 가슴에 색점의 명화가 되어 아름답게 빛나고 있다. 그의 아련한 눈과 지치지 않는 성실함을 담보로.

〈모네〉 해돋이, 1872년,
캔버스에 유채, 48×63 프랑스 파리 마르모탕 모네 미술관

〈모네〉 양산을 쓰고
오른쪽으로 몸을 돌린 여인,
1886년, 캔버스에 유채,
131×88, 오르세 미술관

〈모네〉 수련,
1907년, 캔버스에 유채,
93.3×89.2, 폴라 미술관

이보다 더한 삶이 있을까요?

프리다 칼로

행복이 평온하게 흐르다가도 갑자기 뒤통수를 치며 풍랑을 내놓을 때도 있고, 끝나지 않을 고통 속에서도 예상치 않은 잔잔한 시기가 찾아오기도 한다. 신은 고무줄을 늘였다 줄였다 하듯 우리의 행복을 가지고 노는 것일까? 늘 같은 모습이지 않으며 한 번도 겪어보지 못한 새로운 일들을 참 부지런하게도 우리 앞에 놓아준다. 살아보지 않은 인생 그 자체가 모험이다. 그래서 리허설이 없는 삶, 미리보기가 안 되는 각각의 드라마는 저마다 형형색색 이야기를 품고 있다. 내 앞에 어떤 삶이 놓일지 알 수 없기에 우리는 늘 긴장을 안고 산다. 그것이 신의 의도임을 우리는 알고 있다.

여기, 파란만장한 삶을 살았던 한 여인이 있다. 한 사람의 인생에 서너 명의 삶을 합쳐놓은 듯 사건 사고가 끊이지 않아 마치 클라이맥스가 계속되는 소설 같다. 일대기를 하나하나 들춰내다 보면 슬픔과 가여움, 분기탱천한 원한이 도미노처럼 줄지어 나온다. 천만 관객을 동원할 영화 같은 그녀의 삶은 조반니 크로일로 감독에 의해 실제 다큐멘터리 영화 〈프리다, 삶이여 영원하라〉로 제작되기도 했다.

1907년 멕시코 코요아칸에서 프리다 칼로가 태어났다. 6살 때 소아마비 진단을 받으면서 한쪽 다리가 가늘어졌다. 양말을 덧신으며 좌우 대칭을 맞추려 애썼지만, 아이들의 놀림으로부터 자유롭지는 못했다. 부모님은 그녀가 약해지지 않도록 운동을 시키며 강하게 키웠다. 그녀는 똑똑했다. 16살에 멕시코 명문 국립 예비 학교에 입학할 만큼 머리가 뛰어났고 의학도를 꿈꿨다.

그럭저럭 순탄한 생활을 하던 프리다에게 인생의 방향을 트는 거대한 사고가 찾아왔다. 스치는 모든 것이 꽃밭일 나이, 구르는 낙엽만 봐도 깔깔거릴 18세의 어느 날, 타고 가던 버스가 전철과 충돌하며 그녀는 비운의 세계에 하차하게 된다.

대수술 후 눈을 떠보니 뼈가 으스러지고 골반 뼈는 세 동강이 나 있었다. 버스 손잡이가 몸을 비스듬히 뚫고 들어와 생명이 위협받는 처참한 상황이었다. 그녀는 현실을 받아들이기가 힘들었다. 그러나 살아가기 위해서 더 처절하게 재활에 매달렸다. 3개월가량은 침대에서 일어나지도 못한 채, 오직 움직여야 한다는 마음 하나로 버텨내자 몸을 추스를 정도로 상태가 좋아졌다.

마냥 침대 생활을 하기는 무료했다. 어릴 적 아버지의 친구로 부터 그림 지도를 받은 적이 있던 프리다는 침대 위에서 그림을 그리고 싶었다. 부모님은 병상에서도 그림을 그릴 수 있도록 침대 위에 특수 이젤을 설치하고 천장에 거울도 달아주었다. 그렇게 그녀는 천장을 보며 자신의 모습을 그리기 시작했다.

회복은 생각보다 빨랐다. 비록 목발을 짚어야 했지만 기적적으로 일상으로 돌아왔다. 현실로 돌아오니 많은 생각이 몰려왔다. 의사의 꿈은 접어두고 그림을 그리며 살아야겠다고 결심했다. 그런데 막상 자신의 그림을 사람들이 어떻게 평가할지 궁금했다. 작품에 대해 조언이 듣고 싶어 누군가를 찾아 나섰다.

학교에서 우연히 벽화작업을 했던 디에고 리베라를 찾아갔다. 그는 멕시코의 민중 화가로서 벽화 활동을 하며 이미 명성을 탄탄히 쌓아둔 이름난 화가였다. 지나친 개혁과 사회 변혁을 반대하던 그는 멕시코 색채가 짙은 전통적인 벽화작업에 몰두하고 있었다. 예술적 견해뿐만 아니라 둘은 정치적 공감대로도 서로 케미가 맞았다. 그들은 빠른 시간 동안 가까워졌고 점차 사랑의 싹을 틔워 결혼할 마음을 가졌다. 당시 프리다는 21세, 디에고는 43세였다.

엄청난 나이 차이뿐만 아니라 디에고의 연애 전적은 깔끔하지 않았다. 그는 이미 두 번의 결혼을 했고, 첫째 부인의 친구와 불륜 스캔들이 나서 딸을 낳기까지 그는 이미 네 명의 자녀가 있었다. 프리다의 부모님은 날라리 같은 연애 경험이 있는 그런 사람에게 딸을 주기 싫었다. 그렇다고 그리 핸섬한 외모도 아닌지라 '코끼리와 비둘기 같은 결혼식'이라며 반대했지만 결국 사위로 맞이했다.

결혼에 골인한 두 사람에게 운명의 장난은 멈추질 않았다. 프리다는 그림을 접고 디에고의 내조에 전념했다. 하지만 시간이 흐르며 디에고는 다른 여자들에게 눈을 돌렸다. '제 버릇 남 못 주는' 남편의 외도는 번번이 프리다를 힘들게 했다. 결혼 후 아이를 갖고 싶었으나 전차 사고의 후유증으로 골반이 좋지 않았던 프리다는 유산의 고통까지 겪어야 했다. 사고의 후유증, 반복되는 유산, 디에고의 여성 편력으로 몸과 마음이 많이 지친 상태의 프리다는 다시 붓을 들 수밖에 없었다. 고통을 치유할 길은 그림밖에 없었기 때문이다. 캔버스에 날것 그대로의 감정을 쏟아냈다. 유산된 아이를 소재로 삼기도 하고, 피 흘리는 자신의 모습을 숨김없이 드러내기도 했다.

아픈 언니를 위해 여동생이 찾아왔을 즈음이었다. 디에고는 친언니를 위해 방문한 동생에게도 접근했다. 결국 처제와 불륜을 저지르는 파국에 이르는데….

프리다의 인내는 어디쯤에 다다를 것인가. 어느 누구도 용서받지 못하는 일에 이르렀다. 프리다는 훗날 이 사건을 사고에 비유한다. "내 인생에 심각한 사고 두 번을 당하는데, 하나는 나를 부러뜨린 전차이고 두 번째는 디에고였다"라고.

"나는 결코 꿈을 그리는 것이 아니라 나의 현실을 그릴 뿐"

(프리다 칼로)

칼로의 현실이 우리에게 초현실처럼 느껴진다. 신체적, 정신적으로 힘든 두 배의 고통이 그림에 적나라하게 들어찼다. 액자까지 피가 묻은 듯 섬뜩한 그림 속 주인공은 현미경으로 들여다본 듯한 자신의 모습이었다. 그녀는 애증 관계인 남편과 사별하듯 홀로서기를 하며 더욱 그림에 집중했다.

1938년 멕시코 시티에서 첫 그룹전이 열리면서 '디에고의 아내'가 아닌 독립된 화가로서 주목 받기 시작했다. 디에고의 그늘이라는 꼬리표를 떼고 당당히 화가로서의 역량을 선보인 것이다. 이어 파리 전시를 통해 피카소, 칸딘스키, 호안 미로 등 거장들에게 찬사를 받았다. 루브르 박물관은 최초의 중남미 여성 화가 작품으로 그녀의 자화상을 구매했다. 현재 그녀의 그림은 멕시코의 국보로 추앙받는다.

프리다는 절망과 희망이 파도처럼 밀려올 때마다 고통을 희망으로 전환시켰다. 32번의 수술과 디에고에게 받은 상처를 작품 속에 고스란히 녹여냈다. 인간 승리의 아이콘이 된 그녀는 현재 멕시코 지폐의 주인공이 되었다. 공교롭게도 지폐 뒷면에는 디에고의 초상화가 있다. 프리다의 관점에서 보자면 디에고는 범죄에 가까운 사람이지만, 멕시코 사회 발전에 공헌한 사람이기에 지폐를 장식하는 인물이 된 것이다. 안에서는 낙제점이만 밖에서는 만점인 사람. 그래도 프리다는 그를 미워할 수 없는 잔잔한 사랑이 남아 재결합한다. 일면의 양심이 있던 디에고역시 프리다의 천재성을 알아보고 그녀의 전시기획을 돕기도 했다. 병 주고 약 주고.

역경을 예술로 승화시킨 굴곡진 삶이 독특한 '프리다 화풍'을 만들었다. 1954년, 47세의 생을 마감하기 1년 전, 그녀는 소아마비로 인한 다리 절단 수술을 받아야 했다. 수술 전 심리치료사가 그녀에게 다리를 그리게 했는데, 절단된 다리 스케치 위로 식물이 자라나는 그림을 그리며 그녀는 이렇게 썼다.
'발이 왜 필요하지? 내겐 날개가 있는데.'

현실을 외면하지 않고 운명에 당당히 맞서 자신의 삶을 관조하듯 바라보았던 그녀. 자화상이 말해주듯 고통을 스스로 치유했던 그녀에게 우리는 어떤 고통을 견주어봐야 할까. 그녀의 서사를 드라마처럼 훑어본 우리는 그녀를 '독특한 화풍으로 영혼을 울린 최고의 창의적 화가'라 부르지만 가슴 한편이 아린 것은 어쩔 수 없다.

삶을 직면하는 힘, 나약해지지 않고 주어진 삶을 묵묵히 걸어 나가는 멘토의 아우라가 느껴지지 않는가. 비록 우리가 그녀와 같은 극적인 삶을 살지는 않더라도, 한 번도 경험하지 못한 가혹한 현실이 닥친다면 그녀처럼 당당히 직시하며 헤쳐 나가야 한다는 것을 느끼게 된다.

'발이 없어져서 슬픈 게 아니라 내가 가진 것이 더 많으니 그러니 이것쯤이야.'

작은 체구에서 뿜어내는 초인적인 마인드는 세상에 더 오래 남아 있어야 한다. 프리다! 당신의 마인드는 이 세계에서 소멸 금지!

기 죽지 마!

수잔 발라동

수잔 발라동은 1865년 프랑스 베신에서 태어났다. 가난한 세탁부였던 그녀의 어머니는 미혼모라는 이유로 사람들의 손가락질을 받아야 했다. 수잔이 열 살이 되기 전, 어머니는 비난을 피해 도망치듯 몽마르트로 이주했다. 지금에야 몽마르트는 화가들의 낭만적인 예술 터전이지만, 당시 그곳은 하층민과 노동자, 알코올 중독자들이 비틀거리는 가난하고 음침한 동네였다.

어린 수잔은 몽마르트 그 뒷골목에서 거칠게 자라났다. 그녀의 성장 과정에서 '자유분방함'은 선택이 아닌 생존이었다. 억센 여자로 자라날 수밖에 없었던 그녀는 어려서부터 생계에 뛰어들어 제분업자 작업실 일, 야채 판매, 웨이트리스, 장례식 화환 제조 공장 등을 전전했다. 이 모든 일은 가난을 면하기 위해서 시작한 것이다. 고분고분한 아이도 아니었기에 학교를 뛰쳐나왔고, 15살이 되었을 때 '몰리에'라는 서커스단의 공중 곡예사가 되었다. 느닷없이 곡예사? 아마도 수잔은 공중을 날며 자유를 맛보고 독특한 삶을 살고 싶은 로망이 있었을 것이다. 그러나 곡예사로서의 로망도 오래가지 못했다. 서커스단에 들어간 지 1년 만에 무대에서 추락하는 사고를 당해 허리를 다친다. 큰일 날 뻔한 사고였으나 다행히 생명에는 지장이 없었다. 이제 무얼 하며 살지 걱정스럽게 서커스단을 나왔지만 또 다른 운명이 그녀 앞에 대기하고 있었다.

"나는 여기에도 있고 저기에도 있다. 그림 속 거의 모든 인물이 나의 신체를 빌렸다."

16살이 되었을 때, 수잔은 상징주의의 화가 퓌비 드 샤반의 그림 모델이 되었다. 화가들이 탐 낼만한 모델로서의 몸매를 가졌기에 여기저기 입소문이 나며 몽마르트의 단골 뮤즈가 되었다. 수잔은 19세기 말 최고의 명성을 떨쳤던 많은 인상주의 화가에게 영감을 주었다. 어떤 그림에서는 드레스를 한껏 꾸민 우아한 여인이 되기도 하고, 다른 그림에서는 시선을 끄는 아리따운 몸매를 드러낸 여인이 되기도 했다. 수잔도 어릴 때부터 그림 그리기를 좋아했다. 남이 그린 자신의 모습을 어깨너머로만 보다가, 본인도 직접 그리고 싶다는 마음이 들기 시작했다.

샤반의 모델에서 르누아르의 모델이 된 수잔은 24살 차이의 르누아르와 사랑에 빠진다. 당시 모델은 정부(情婦)의 역할도 겸하는 거친 시절이었다. 18살이 되면서 아이를 낳게 되는데, 자

신의 어머니와 마찬가지로 사생아를 낳았다. 르누아르의 아이
라고들 하지만 그녀는 끝내 진실을 밝히지 않았다. 그의 아들
은 모리스 위트릴로로, 이 아이도 훗날 화가로 이름을 떨치게
된다.

  사랑은 돌고 돌아 로트레크를 만나면서, 수잔은 모델이 아닌
당당히 화가로서의 재능을 발견하게 된다. 이전에는 사람들이
그녀의 재능을 인정하기를 거부했다. 감히 모델 주제에 그림을
그린다는 사실에 모두들 언짢아했다. 하지만 로트레크는 수잔
에게 호의적이었다. 교육받은 귀족층 여성조차 화가로 인정받
기 어려운 시대였음에도, 모델에서 화가로 시선을 돌린 그녀에
게 물심양면 지원을 아끼지 않았다. 수잔은 그에게 감동했다.
'나 같은 여자를 호의적으로 대하다니' 그게 너무나 고마웠다.
차츰 그에게 마음을 주었고 그와 결혼하기를 원했다. 로트레크
는 귀족 집안이었지만 유전적 결함으로 키가 150센티에 그치는
난쟁이였는데, 결국 그녀와의 결혼을 거부했다. 수잔은 고집을
피웠고 자살 소동으로 로트레크의 마음을 돌리려 했지만 로트
레크는 끝내 연인으로서 마음을 열지 않았다. 대신 친구 드가
에게 그녀를 소개해 주면서 연애의 끝을 맺었다.

  옛 애인과의 이별은 아쉽지만 수잔은 금방 평온을 찾았다. 드

가의 도움으로 스케치 기술과 판화 에칭 기술을 배우며 그림의 영역을 확장했다. 삶이 안정되자 1894년 국립예술학회에 그림을 출품해 여성 최초로 입선한다. 협회에 가입하고 당대 프랑스를 대표하는 화가들과 함께 전시하면서 당시로는 큰 파격을 주었다. 비천한 신분의 노동자 계급에, 결혼도 하지 않은 채 아이를 낳은 어머니. 정식으로 미술 교육을 받지 않은 '여성'의 작품이 미술계에서 가장 권위 있는 기관의 인정을 받은 셈이다.

그녀의 인생뿐 아니라 작품 또한 파격적이다. 여성 화가가 여성 누드를 그린 적이 없었고, 더불어 여성 화가가 남성의 누드를 그린 적도 없었다. 무엇이든 '처음'의 놀라움은 대중들을 당황하게 한다. 〈아담과 이브〉 속 아담을 아무것도 입지 않은 몸으로 그렸는데, 전시 주최 측의 강렬한 반발로 포도나무 잎을 그려 중요 부위를 가려야 했다. 감히 여성이 남성의 누드를 그린다는 온갖 종류의 항의와 멸시를 견디는 일이 어디 쉬웠겠는가. 노발대발하는 사람들의 입방아를 온몸으로 마주하는 일은 어릴 때부터 키워온 억센 여자의 심지가 있었기에 가능하다. 결국 그녀는 여성으로서 기존 관습을 깨는 데 선구적 역할을 했고 후대가 더 기억하는 존재가 되었다.

인물을 그린 그녀의 표정은 또 어떻고. 이제껏 남성 화가들에

의해 투영된 그림은 아름답게 미화시키거나 진실을 걸러낸 표정이었다. 남성 우월주의가 존재하는 세상에서 여성의 모습은 매력의 대상이 되기 위해 화가의 눈으로 필터링되었다. 그러나 그녀는 독립적인 존재로서 있는 그대로의 모습을 캔버스에 담았다. 그래서 누드화의 에로틱함을 지우고 생명력 있는 삶을 채워넣었다.

1923년에 제작된 〈푸른 방〉은 수잔의 당당한 삶을 대변하는 그림이다. 옆으로 비스듬히 누워있는 비너스. 남성들의 세계에서 결코 지고 싶지 않은 당당함이 배어 있다. 그녀의 작품에는 실험과 모험이 공존한다. 피카소, 앙드레 드랭, 조르주 브라크 등 많은 선구자 화가가 그를 평생의 동료이자 친구로 여겼다. 그의 아들 모리스 위트릴로에게도 그림을 가르쳐 화가로 만들었다. 여성으로서 가질 수 있는 모든 악조건과 불행에도 꿋꿋이 예술가의 야망을 키워나갔고, 수동적인 삶을 거부하며 직접 길을 개척해 나간 수잔 발라동. 욕망의 대상이 아닌 주체적이고 당당한 여성의 모습을 그려 예술가의 목록에 자신의 이름을 남겼다. 화가의 모델에서 화가가 된 당찬 여인이다.

자유분방한 수잔의 개인사는 복잡하게 얽혔다. 음악가와 인연이 되어 짧은 관계를 유지하기도 하고, 주식 중개인과 결혼하기도 했다. 그러다 아들의 친구이자 화가인 안드레 우터와 관계를 맺기도 했다. 21살 차이가 나는 앙드레 우터와의 스캔들. 사람들은 그 셋을 '저주받은 3인'이라 불렀다. 그녀의 작품에 자주 우터가 모델로 등장했다. 그녀는 남성 위주의 그림 세계를 여성의 시선으로 꼬집는 일에 앞장섰다. 1차 세계대전의 발발로 우터가 전쟁터로 나가게 되는데, 전쟁에서 다리 부상을 당한 우터는 더 이상 수잔을 여성으로 보지 않았다. 결국 둘은 이혼하게 된다. 복잡다단하고 파란만장한 삶을 온몸으로 받아들였다. 1938년 73세에 눈을 감기까지 어디에도 꿀릴 것 없는 당당한 여성의 삶을 그림으로 표출했다.

"예술은 우리가 증오하는 삶을 영원하게 한다." (수잔 발라동)

그녀의 예술 옹호론이 척박한 삶에서 얻는 불행을 회석할 수 있었다. 손가락질당해도 그것 또한 내 삶이다. 누가 뭐래도 내가 좋고 내가 표현하고 내가 만족하면 그만인 것을. 사회가 매몰차게 내쳐도 눈물 찔찔 흘리며 나약한 척하지 말라고, 어디에 휘둘리고 기죽고 다니지 말라고, 자유분방한 삶에 대한 대가도 스스로 감당할 수 있을 것이라고. 수잔의 삶이 내게 죽비를 친다.

현실의 벽이 아무리 높다 한들 자신의 의지를 조금 높이면 그 너머 세상은 생각보다 평온하다. 미리 감당하기 어렵다는 두려움을 장착하기보다 그저 닥치는 대로 살다 보면, 원하지 않는 방향일지언정 만족감을 얻으며 살 수 있다. 계획대로 흘러가는 인생보다 변수에 적응하고 마음의 굳은살을 키우는 것. 우리는 모두 카멜레온이다.

〈수잔 발라동〉 아담과 이브, 1909년,
캔버스에 유채, 209×131, 퐁피두 센터

〈수잔 발라동〉 푸른 방, 1923년, 캔버스에 유채, 90×116, 퐁피두 센터

캔버스에서 얻은 삶의 공식

인연과 악연

빈센트 반 고흐

한국인이 가장 사랑하는 화가는 아마도 고흐가 아닐까 싶다. 미술의 '미(美)' 자도 모른다며 겸손해하는 이들조차 고흐의 그림은 한 번쯤 보고 들어봤을 것이다. 그가 태어난 지 170여 년이 흐른 지금, 전 세계뿐 아니라 생전의 그에게 생소했을 나라에서조차 이토록 환대받는 것을 안다면 고흐는 얼마나 기뻐할까. 게다가 오늘날 그의 작품은 그가 늘 동경하던 하늘의 별만큼이나 천문학적 가치로 평가받고 있다. 이것은 암울하고 고독했던 삶에 대한 신의 보상일까, 아니면 천재를 알아본 동생의 혜안 덕분일까. 한 화가의 삶이 재조명되는 순간, 우리는 그가 남긴 수많은 흔적 속에서 빛을 발견하곤 한다.

고흐는 1853년 튤립의 나라 네덜란드에서 태어났다. 열여섯 살부터 7년간 화랑의 점원으로 일하다 돌연 해고를 당했고, 아버지의 영향으로 잠시 목사가 되는 꿈을 품기도 했으나 그마저도 무산되었다. 방황하던 그에게 동생 테오는 그림을 그려보라고 권유했다. 경제적 능력은 없었지만 고흐는 열정과 노력 하나로 화가의 길에 들어섰다.

붓을 든 초창기, 그는 서민의 삶을 화폭에 담았다. 농부와 농촌의 삶을 사랑했던 밀레의 영향을 받아 노동자의 삶과 애환을 그렸다. 정식으로 미술 교육을 받은 적은 없었으나, 밀레의 그림을 모작하며 스스로 실력을 키워나갔다.

당시 화단은 고전주의, 낭만주의, 사실주의가 주류를 이루고 있었다. 이러한 풍토 속에서 고흐는 인상파와 후기 인상파의 새로운 생각과 방식을 수용하는 자연스러운 흐름에 합류했다. 화상이었던 동생 테오는 고흐의 예술적 시야가 넓어지도록 파리 생활을 권유했다. 새로운 곳에 정착하며 그의 화풍도 변화했다. 단순히 대상을 재현하는 이미지에서 벗어나, 독특한 질감으로 자신의 감정을 투영하는 그림을 그리기 시작한 것이다.

고흐에게는 경제적, 정신적 지주인 동생 테오가 있었기에 화가로서의 삶에 매진할 수 있었다. 가난과 외로움의 돌파구로 테오에게 보낸 편지만 무려 668통에 달한다. 그는 일기처럼 자신의 감정을 돌아보고 현재의 생활을 생생하게 전달했다. 고흐의 그림 세계와 감정을 이토록 깊이 들여다볼 수 있는 것은 이 편지 덕분이다. 본래 내성적인 성격으로 타인과 잘 어울리지 못했던 그는 세상에 대한 고립감이 더욱 크게 다가왔을 것이다.

고흐를 논할 때 빼놓을 수 없는 또 한 사람이 있다. 고흐의 감정과 미술 세계에 지대한 영향을 끼친 인물, 바로 고갱이다. 두 사람의 관계는 '인연'에서 시작해 '악연'으로 치달았고, 함께 있던 90일 동안 드라마틱한 사건들이 벌어졌다. 어쩌면 고갱은 우리가 아는 고흐의 명작이 탄생하게 된 결정적인 기폭제였는지도 모른다.

1888년, 고흐는 프랑스 중에서도 시골 마을 남부 아를(Arles)에 정착한다. 조용한 시골에서 '미술공동체'라는 아틀리에를 만들고 싶었던 그는 고갱을 초대한다. 당시 고흐는 기대에 부풀어 있었다. 그때까지만 해도 인상파는 더 이상 기성 화단을 비판하고 살롱의 권위에 도전하는 화가 집단이 아니었다. 오히려 기성 화단에 뿌리내린 도전의 대상이고 넘어야 할 산이었다. 고흐는 인상파의 이런 미학을 거부하고 새로움에 혁신하는 실험적 화단에 앞장서고 싶었다. 그 적임자가 바로 고갱이었다. 고흐는 테오에게 부탁했다. 고갱이 미술 공동체의 적임자라고. 고갱과 함께 생활하며 그림 세계를 공유하고 싶다고 말했다.

테오는 형의 바람을 들어주기 위해 화가 공동체에 합류한다는 조건으로 고갱의 빚을 청산해 주었다. 형을 위해서라면 무엇이든 해주고 싶었던 동생의 진심이 통한 덕에 고갱은 짐을 싸서 아를에 도착했다.

하지만 고흐와 고갱은 너무나 달랐다. 10년 동안 주식 중개인으로 일했던 고갱은 돈에 비교적 현실적이었다. 반대로 고흐는 돈과 현실에 무디고 이상주의자였다. 게다가 고흐는 술을 좋아했고 가끔 이해할 수 없는 행동을 해 동거인을 섬뜩하게 만들기도 했다. 고흐는 고갱을 흠모하듯 좋아했지만 고갱은 그런 고흐를 탐탁지 않게 여겼다. 아를에 오기 전, 고흐가 고갱을 맞이할 방을 꾸미기 위해 그린 해바라기 연작에도 그의 설레는 감정이 고스란히 담겨 있다. 그러나 일방적인 애정은 오래가지 못하는 법일까. 두 달이 지난 어느 날, 둘은 냉랭한 감정이 오가다 결국 크게 싸우고 만다. 고갱이 그린 고흐의 자화상이 마치 자신을 조롱하는 것처럼 보였기 때문이다. 그동안 쌓인 스트레스가 임계점에 도달했기 때문일지도 모르겠다. 불같이 화를 낸 그 자리는 하나를 둘로 갈라놓게 했다.

고흐는 아마도 홧김에 그랬을 것이다. 자신의 귀를 자르는 사건으로 고갱과 영원히 결별한다. 듣고 싶지 않은 말을 들어서였을까, 아니면 심리적 스트레스가 쌓여 정체불명의 소리가 들리는 이명이라도 왔던 것일까. 그것도 아니면 술의 악마에 휘둘려 통제 불능의 행동이 나왔던 것일까? 가타부타 수많은 의문으로 남은 그 사건은 단둘만이 아는 일이다.

그림의 동반자가 떠난 자리에서 쓸쓸히 맞이하는 아침. 잘린

귀를 붕대로 감싼 모습의 자화상을 하나 남긴다. 쓸쓸함과 외로움이 빛처럼 스며든 그 시간에 홀로 그림을 그리는 자신을 보며 후회와 자책이 밀려오지 않았을까. 이 사건으로 주변 사람들조차 그를 꺼리게 되었고, 결국 아를 주민들의 서명과 탄원으로 고흐는 정신병원에 입원과 퇴원을 반복하게 된다. 훗날, 병원에서 외로움에 둘러싸인 채 그린 그림들 또한 명작이 되었다.

고흐에게 테오가 없었다면 그림을 오래 지속할 수 없었을 것이다. 생전에 단 한 점의 그림밖에 팔지 못했던 화가에게 동생의 경제적 지지는 그 무엇보다 든든한 버팀목이다. 그렇다고 형이 동생의 삶에 기생했던 것은 아니다. 테오 역시 어린 시절부터 형을 믿고 존경했기에 가능한 일이다. 그들은 영혼의 형제다. 일거수일투족을 적어 보내는 편지가 조금이라도 늦어지면 테오는 형에게 무슨 일이 생긴 건 아닌지 걱정부터 했다. 신이 맺어준 인연에 깊은 형제애가 더해진 결과다.

반면 고갱은 악연이었다. 만약 그가 가까이 오지 않았다면 고흐는 조금 더 평탄한 삶을 살았을지도 모른다. 그러나 고갱은 고흐의 인생에 기꺼운 변화를 주고 떠난 사람이다. 관계란 어쩌면 운명의 장난이 만들어 내는 거대한 변화의 시간일지도 모르겠다.

언젠가 새로운 사랑을 찾았다며 심심찮게 연애 소식을 전하던 연예인이 있었다. 나이는 황혼에 접어들었지만, 마치 첫사랑처럼 신선한 감정에 행복해하곤 했다. 다시는 실패하지 않겠다는 결심 때문인지 두 사람의 재혼이 더욱 예쁘고 아름답게 보이고 싶었으리라. 그렇게 한동안 잊고 지내다 어느 날 이혼 소식이 날아왔다. 매스컴을 단장하며 예쁜 사랑에 축복해 달라더니 '사랑의 유효기간'이 너무나도 짧았다. 인연이 아닌 악연으로 마침표를 찍은 뒤, 상대를 비방하는 글들이 매스컴을 유유히 떠돌았다.

이들은 서로에게 마음의 생채기만 남기고 떠난 사람들이다. 차라리 부부의 인연이 아닌 친구의 인연으로 남겨놓았다면 지금도 예쁜 감정을 유지할 수 있지 않았을까. 너무 가까이 오면 적이 되는 사람이 있고, 조금 멀리 있을 때 더 애틋해지는 관계가 있다. 우리에게 오는 인연이 악연으로 마무리되지 않아야 하지만, 인연은 '악연'이라는 명찰을 달고 오지는 않는다. 미리보기도 안 된다. 건너뛰기도 안 된다. 삶의 동영상은 참으로 불친절하다.

삶에서 내게 선연(善緣)이 따라오고 악연이 얽히고설키며 관계의 무늬를 만들어 간다. 그렇다면 악연으로 인한 상처도 나름

의 쓸모가 있는 듯하다. 고흐가 고갱이라는 악연을 통과하며
위대한 명작을 그려내지 않았는가.

〈폴 고갱〉 해바라기를 그리는 반 고흐, 1888년,
캔버스에 유채, 네덜란드 암스테르담 반 고흐 미술관

〈반 고흐〉 귀에 붕대를 감은 자화상, 1889년,
캔버스에 유채, 60×49, 영국 런던 코톨드 갤러리

〈반 고흐〉 해바라기, 1888년, 92×73,캔버스에 유채, 영국 런던 내셔널 갤러리

〈반 고흐〉 별이 빛나는 밤, 1889년, 73.7×92.1, 캔버스에 유채, 뉴욕 현대미술관

캔버스에서 얻은 삶의 공식